LUNGA È LA NOTTE

Alessandro Baruffi

Publisher: LiteraryJoint Press

First Printing: 2015

ISBN 978-1-329-67873-6

LiteraryJoint Press, Philadelphia PA, USA

LiteraryJoint.com

Ordering Information: Special discounts are available on quantity purchases by corporations, associations, educators, and others. For details, contact the publisher at the above listed address.

2

LUNGA È LA NOTTE

Romanzo

Alessandro Baruffi

Indice:

Una breve prefazione dell'autore:

Poiché s'inizia sempre dalla fine...

Scervellandomi per offrire una coperta al mio povero romanzo e coprirne le nudità—per una di quelle sconclusionate associazioni d'idee di cui sono spesso vittime gli spiriti irrimediabilmente reietti—mi sovvenni di un giorno di tanti anni fa in cui me ne andavo a zonzo per le sale del *Rijksmuseum* di Amsterdam.

Ora, tanto per il gusto dello scrivere e l'onestà del raccontare, confido all'amabile lettore come, da giovanotto discretamente acculturato, fossi io regolarmente in possesso dell'abbonamento annuale ai musei olandesi: non esitavo ad abusare del diritto d'ingresso per ripararmi dalle intemperie, ogniqualvolta, sprovvisto d'ombrello, mi ritrovassi nei paraggi di codeste benemerite istituzioni regie.

Com'è, come non è, in uno di quei pomeriggi lupeschi, in cui il cielo non è che uno straccio grigio gonfiato dal vento dello *Zuiderzee*, m'imbattei in un meraviglioso dipinto di Rembrandt, conosciuto al grande pubblico come *"De Nachtwacht"* (la veglia notturna), il cui titolo originale, non brevissimo, recita: *"De compagnie van kapitein Frans Banning Cocq en luitenant Willem van Ruytenburgh maakt zich gereed om uit te marcheren"*.

L'opera raffigura un gruppo di moschettieri che, uscendo da un qualche tetro giardino, si mostrano alla luce brillante del giorno.

Il vivido scintillio sui visi e sulle figure mi suscitò una forte emozione, come di una vita interiore che ne erompesse violenta e, dalla tela, ci afferrasse, scuotendoci i nervi e le misere membra.

La storia del suo rinvenimento narra come il dipinto, in conseguenza dell'erosione del tempo e di altre vicissitudini non conosciute, giacque lungamente in tale cattivo stato da non essere punto riconoscibile quale scena diurna. Le figure eteree, effigie evanescenti e impercettibili, furono inizialmente interpretate come parte di un'oscura scena notturna, una veglia: un *"Nachtwacht."*

A seguito di un'opera sommamente paziente di ripulitura e restauro, ecco che un bel giorno ne riemersero i moschettieri, nell'abbacinante luce del sole.

Similmente, quando penso alla mia Italia— la povera terra perduta che eternamente mi attende, come nel sogno, o nel ricordo di una donna disperatamente amata, che resiste, ostinato, negli anfratti della memoria, o come il vuoto sepolcro che mi invita di lontano— ecco, tale e quale mi appare, uguale al *"Nachtwacht"* di Rembrandt, prima che si faccia giorno.

E per chi è di veglia, per la sentinella lugubre dal cuore affamato, lunga è la notte, al di qua e di là dal fiume.

Amsterdam, Ottobre 2008

10

"Long is the night to him who is awake; long is a mile to him who is tired; long is life to the foolish who do not know the true law."

Siddhartha Gautama

PARTE PRIMA

"Lui si incamminò verso la cresta della collina, lassù
doveva esserci il cippo, perché lassù c'era il grosso della
gente, tanta e disposta come intorno a una grande
disgrazia. Aveva anche la curiosità di vedere il cippo,
l'aveva già sentito nominare un cippo, ma non sapeva
immaginarsene la forma. Arrivò e lo vide, era una
specie di enorme paracarro, piantato proprio sul bordo
della strada e con sopra dei segni neri che non erano i
chilometri e il nome del paese più vicino ma i nomi dei

morti e la data della battaglia. Ettore sapeva che quei
morti erano seppelliti altrove, eppure sentiva come se i
loro cadaveri fossero murati in quella specie di
paracarro e così fissava il cippo con grande speciale
attenzione. E tremò, lì, di colpo, come se gli si fosse
parato davanti un pericolo di morte così preciso ed
avanzato che il terrore era già agonia e come sotto i
piedi si sentisse aprirsi la terra della collina, pronta
per il suo cadavere.
Mentre gli stava passando un po', una voce cominciò a
parlar forte dall'alto della collina, era l'esponente del
Comitato di Liberazione che faceva il discorso."

Beppe Fenoglio, La Paga del Sabato

Pax Vobiscum

Senza rombo di tuono o rullio di tamburo, finalmente, la guerra era finita...

Il tenente Zeno N. se ne stava lì, sul limitare del bosco, a cavalcioni su un grosso tronco di pino reciso: l'uniforme civile, mezza sudicia e mezza lisa, aperta sul petto, i calzoni tirati sopra le ginocchia, scalzo e con gli stivali di lato, riversi sui fianchi.

La vallata si stendeva placida e laggiù, dove i prati verdeggiavano all'approssimarsi della prima fienagione, sparuti casolari spuntavano qua e là, come funghi petrosi e rabberciati. Levigando il suo letto millenario, il fiume si snodava di lontano, recando pigramente con sé le proprie stanche acque, torbide e limacciose, ingrossate da piogge recenti.

Zeno si lasciò cadere all'indietro, riverso sull'erba, per scrutare il cielo di maggio, che pareva di un azzurro di mare, come un cristallo vivo; lisciandosi il mento ispido con le dita esili, si mise in ascolto del proprio respiro.

Il fragorio della guerra era dissolto e ora, sospeso a mezz'aria, nel vacuo etereo che tutto sovrastava, solo restava un silenzio, come di altri mondi.

Il vento solleticava le fronde, e dolciastro l'odore dell'erba saliva alle narici; Zeno finì con l'abbandonarsi ad un sonno leggero. Sognò che era sotto una raffica di piombo e i colpi rimbalzavano sul suo corpo e ovunque zampillavano fiotti di sangue malvaceo.

D'un tratto il vecchio maestro di scuola lo chiamava: "Zeeeno, Zeeeno! Vieni giù, fai il bravo!"

D'acchito, Zeno si dovette ritrarre e, figurandosi che la voce venisse dalle trincee, rispose al fuoco; eppure codesta insisteva bonaria: "Che fai, disgraziato, mi spari?"

Zeno allora si abbandonava mansueto al richiamo di quella, e scendeva da un albero: un melo gonfio e maturo, poiché non era che un ragazzetto di forse dieci anni, esile come una promessa.

Il fischio di una beccaccia lo richiamò a sé, dischiuse gli occhi e si guardò attorno instupidito; si sentì il corpo cavo, spossato e privo di peso.

Non sapeva bene, o non si sovveniva con esattezza, dove stesse andando. Si accese l'ultimo mozzicone di sigaretta che ancora serbava nel taschino e gli diede un paio di tiri vigorosi.

Che gli mancasse la guerra? Combattere, o guerreggiare, in fondo, gli aveva riempito l'esistenza per tanti anni, aveva fornito scopo, intensità, vibrar di nervi e d'azione. Levarsi alla sveglia, nutrirsi, rassettare, istruire i sottoposti, e muoversi all'unisono al cenno improvviso del capitano: in azione come in pausa, tutto aveva un senso; avanzare strisciando sui gomiti o indietreggiare sui talloni, oliare la canna del fucile e armarne il cane, lustrar la gavetta, tirar su una tenda, e perfino far fuoco: tutto questo scandiva la cifra del tempo.

Il senso della guerra d'altronde non era forse resistere, provando a salvarsi la pelle e cavare un giorno sempre nuovo dal buco nero e oscuro del domani?

Benché avesse combattuto la guerra sbagliata, dalla parte del fascio—Africa, Albania e fronte—ora che importava? Più nulla importava ormai...

Quando i partigiani lo catturarono, una notte d'inverno al passo dello S., erano in perlustrazione: lui e il povero caporale Gatti, che senza che nemmeno proferir *bah* si piegò sotto una raffica di fuoco. Zeno lo presero e se lo portarono via per interrogarlo con calma...

Ora, nel ricordo ancora vivido dinanzi ai suoi occhi, si rammentava come dovettero lungamente risalire per un tracciato impervio sulla neve alta, finché raggiunsero un fienile. Uno dei capoccia gli portò un coltello alla gola e gli urlò con tutto il fiato che serbava in gola che era uno sporco, vile, porco fascista.

Zeno si vide perduto, capì che si sarebbe dovuto arrendere mesi prima, quando il vento era cambiato. Non che non lo avesse ben distintamente fiutato per tempo nell'aria! Tuttavia, quasi a malincuore, era rimasto nei ranghi...

Supponeva che, per inerzia o timidezza, fosse proprio nella sua natura recalcitrare, procrastinare, esitare a cambiare il corso delle cose. Semplicemente, non era avvezzo ai mutamenti repentini di stato; allo stesso modo gli era sempre riuscito difficile cacciarsi in una conversazione ben avviata o, per converso, gli era arduo uscire da una che fosse ormai lungamente incamminata.

Com'è come non è, lo stavano per falciare, dato che a tutti gli uomini, raggrumati in quel semicerchio di terra gelata, parve, lì per lì, l'unica cosa giusta da farsi.

Zeno, riverso a malo modo sullo sterrato dietro la cascina, si sentì ormai spacciato. Il vento ululava e gli sferzava di gelo il labbro tumefatto; vide sopra di sé la montagna cieca e minacciosa.

L'attesa del rimbombo del colpo di mitraglia gli parve non finire mai. Invece, un grido squarciò d'improvviso l'aria rarefatta. "Fermati Lupo... è mio cugino!"

Un uomo correva su per la stradicciola, tutto trafelato. "Per l'amor di Dio, non ammazzarlo!" Era il Tonio. Di botto, il Lupo si girò a guardarlo e a Zeno parve che i suoi occhi lanciassero faville.

Il Tonio gli prese il braccio che teneva la mitraglietta.

"Lupo, lo Zeno non è un fascista come credi. E' solo un soldato, un ingegnere; lascialo, ci può tornar comodo, è uno sveglio."

Riprese fiato e sbuffò "E' come un fratello, per Dio!"

Il Lupo si sentì sollevato, anche se gli parve che fosse peccato mortale lasciare un'opera qualunque fatta a metà, e un lavoro malfatto per di più.

Fu così che senza troppi discorsi, il tenente Zeno N., disertò lietamente l'esercito dei repubblichini e si accodò ai partigiani.

Per il tempo che seguì, e fin al cessare delle ostilità, si diede alla macchia; come sempre, mostrò la propria buona stoffa di patriota, adoprandosi a fornire tutte le informazioni logistiche di cui era in possesso e ingegnandosi ad arrabattare ordigni, con quel po' di esplosivo che riusciva a procurarsi.

Quando il nemico era lontano, a Zeno la vita sulle montagne rammentava esattamente quella della sua fanciullezza, o come gli pareva di ricordarla: il brillare delle nude rocce sopra i boschi di conifere, il frusciare sommesso delle selve, l'arco immemore del sole che tracciava la sua meridiana nel cielo terso. Tutto gli era sinistramente familiare.

Precisamente come nei tempi obliati in cui era solo un *bagai*[1], anche nel suo guerreggiare pateticamente adulto, egli si struggeva nell'attesa.

Si aspettava l'avanzare del nemico, il dipanarsi di eventi ancora oscuri, il tracciarsi di una via che valesse la pena solcare. Come negli anni degli studi precedenti la vita di soldato, il suo cuore vibrava, nutrendosi di presagi, abbarbicato a un lembo di terra emersa miracolosamente fra rive oscure.

Di qua e di là erano spazi ugualmente irraggiungibili: irrimediabilmente perduti o illimitatamente estesi; crescere era dissiparsi, esistere era il doloroso declinare verso la fine ultima.

---

[1] Ragazzo

Al fronte, nell'ubiquità del pericolo che il conflitto aperto recava con sé, il fragore della battaglia offriva una semplice possibilità, che era quella di vivere. Il primordiale istinto di sopravvivenza empiva il petto degli uomini e alitava fra le loro labbra secche e tremanti di terrore.

Nel limbo della vita di macchia, negli intermezzi fra il raro crepitare della guerriglia, nei lunghi intervalli in cui il pericolo era messo temporaneamente alla cavezza, si percepiva già tutta la noia di un'occupazione seria e occhialuta che si mostrava di lontano: finita la guerra, tale sarebbe stata l'esistenza.

***

Una sera di gennaio la donna del Lupo, che si chiamava Marilena, aveva mandato un'informativa, tramite un ragazzo che soleva accudire a uno sparuto gregge di pecore nella zona, e che all'occorrenza faceva da spola, passando soffiate agli uomini della selva. Pareva che un manipolo di tedeschi stesse ripiegando a monte e che, il giorno seguente, avrebbe con tutta probabilità passato il ponte del B., per risalire dall'altra parte.

La notte la squadra a ranghi completi si riunì nella cascina per decidere il da farsi.

Il fuoco crepitava e la voce roca del Lupo risuonava gravemente nella penombra. Secondo lui si doveva tendere un'imboscata, posto che i tedeschi non fossero davvero più di una ventina. Il Lupo era un uomo d'azione e non gli piaceva perder tempo ad aspettare.

D'altronde, che proposito avevano veramente per risalire la vallata? Attaccando l'avamposto in esplorazione, non ci si sarebbero forse tirati addosso un gran numero di soldati? Così, non ci si sarebbe presto dovuti riparare oltre la montagna in attesa dello sgelo?

Il Tonio era dell'avviso che si dovesse prender tempo e limitarsi a controllare i movimenti degli avamposti. I tedeschi avrebbero sì potuto anche proseguire verso monte, facendo loro perdere l'occasione di sferrare il colpo, ma poteva anche darsi che questi, verificata la sicurezza del passo, ripiegassero invece a valle, per tornare al seguito del grosso degli uomini. In quest'ultimo caso, si avrebbe potuto minare il ponte, facendolo saltare di un botto al loro passaggio.

Il Bondio, un omaccione già di mezz'età, prese la parola e si disse certo che i tedeschi avevano la fregola di metter le mani sugli autori dell'imboscata del Pian dei G. e sarebbe stato meglio tenersi sotto vento. Il Bondio aveva quattro figlioletti e una moglie in Val G. ed era stanco di guerra.

Si discusse a lungo, finché i tizzoni smisero di ardere e il Lupo deliberò che l'indomani si sarebbe fatta la posta e teso una trappola ai *crucchi*.

Il Lupo non aveva nessuno al mondo, la Marilena inclusa; siccome era un disperato, gli piaceva fare la guerra. Diceva che si doveva ben battere il ferro fin tanto che era caldo, che bisognava dare il necessario contributo di sangue, che era il momento di essere uomini e, giustamente, ammazzare il nemico.

A Zeno pareva che l'esercito fascista, disertori o repubblichini, fosse pieno di teste calde quanto quello nazista, quanto lo erano in fondo gli alleati anglo-americani o i resistenti partigiani. I tedeschi erano sì degli invasori, cui i fascisti avevano dato carta bianca per abbarbicarsi a quel che rimaneva del potere, ma d'altronde anche noi altri, in fondo all'anima, non eravamo certo stinco di santo.

In verità gli uomini, i soldati come i civili, seguivano semplicemente la massa; in Italia ci si arrabattava e si chiudevano gli occhi, si faceva di sì col capo, chinandolo, dolorosamente o inconsapevolmente, in cambio di un cantuccio sicuro vicino al focolare. Mentre qualcuno, di tanto in tanto, si ribellava, molti altri semplicemente si limitavano a sospirare in segreto, dicendosi che così non si poteva più vivere, e avevano fronti alte per batterci la mano contro.

Zeno ammonì che si poteva anche far saltare il ponte, che per lui non c'erano problemi, ma che poi non ci sarebbe più stato per nessuno alcun ponte traverso cui passare da una parte a quell'altra; suggerì che si avrebbe potuto aspettarli nel bosco e impallinarli dall'alto, come sosteneva il Lupo. Siccome ci si sarebbe certamente tirato addosso uno squadrone di tedeschi, si avrebbe poi dovuto risalire la montagna e passare il resto dell'inverno sotto vento.

L'indomani, di buon mattino, la squadra discese fino ai boschi sopra il ponte a fare la posta. Passavano le ore e dei tedeschi nemmeno l'ombra, mentre un sole glaciale infine completava il suo arco basso, inabissandosi nelle fauci della sera. Con l'oscurità non ci sarebbe stata alcuna imboscata e il Lupo iniziava a innervosirsi.

D'improvviso, rompendo l'insostenibile tedio dell'attesa, ecco che si udì finalmente un ronzio dalla strada e, oltre la curva, i fari di due *jeep* baluginarono nella foschia della sera.

Quando il Lupo cacciò un grido rauco per rimettere tutti ai propri posti, il cuore degli uomini prese a battere un po' più forte.

Il Bongiolatti, tenendo il cannocchiale fra le mani, confermava che erano loro, che erano proprio i tedeschi. Gli uomini serrarono le armi e si fecero coraggio.

Non appena le vetture uscirono nella radura, il Lupo ordinò di fare fuoco. Risuonando fragorosa fra i due lembi di montagna, una scarica di colpi si abbatté all'unisono. Colpita, una vettura si arrestò, mentre l'altra procedette oltre il ponte, riparandosi dove la strada girava nel bosco. Nel volgere di pochi attimi, una parte del gruppo scese fino al ponte, mentre gli altri coprivano loro le spalle. Dalla vettura ferma di traverso partirono due raffiche, finché il Lupo estrasse una bomba a mano, tirò la sicura e la lanciò con mano ferma. Un'esplosione sorda risuonò nella stretta vallata, e un fuoco vermiglio si sprigionò, avvinghiando la *jeep*.

Oltre il ponte partivano scariche rabbiose, il Lupo fu colpito dritto al torace e in principio cadde, poi si divincolò e, imbracciando la mitraglietta, si lanciò verso il nemico. Il Tonio e gli altri fecero tutti fuoco per coprirlo, chiedendosi che diamine gli fosse preso. A metà del ponte il Lupo cadde come folgorato e un grido di orrore si levò nel cielo cinereo. Sopraffatti, i soldati che erano sull'altro mezzo guadagnarono il largo; la squadra riprese fiato e si avvicinò al Lupo. Con la faccia digrignata rivolta al nemico, se ne stava disteso: inerte, aveva egli già inesorabilmente compiuto il suo destino di morte.

Il Tonio guardò il Bongiolatti, che guardò il Matteo, che guardò il Baldo, che guardò Zeno, che guardò tutti gli altri. Stettero un attimo in silenzio, come a riprendere fiato, poi si avvicinarono alla *jeep* in fiamme: dei corpi giacevano tutt'intorno. Corpi che, a dispetto della sinistra e surreale immobilità, non erano punto dissimili dai loro, che pure erano ancora vivi, caldi, animati e ancora capaci di provare dolore...

D'improvviso, tutti quanti parvero mestamente percepire come, con il peso di mille notti, un'oscurità muta si fosse posata sulla valle.

Il vento alitava sul volto degli uomini il suo sospiro glaciale. Silenzio era tutt'intorno: il bosco, gli uccelli, la natura tutta pareva sostare, immobile, in ascolto. La luna, alta nel cielo obnubilato, era un lama sottile, effimera e tagliente.

***

Le erbe verdeggianti presero presto a smuovere sommossamene la neve sulle balze alpestri e le giornate si fecero più lunghe; il sole si rimise a intiepidire marmotte e cristiani che, in armonioso connubio, ben presto rimisero timidamente il capo fuori dalle rispettive tane.

A primavera inoltrata la guerra era finita ormai, le squadre furono in breve smantellate, e infine rotte le sghembe righe militaresche.

Per amore o per forza, tutti erano dei civili ormai: i soldati, i fascisti, i partigiani.

Le armi dovevano essere riconsegnate, o fatte sparire in tutta fretta, nascoste nei fienili, nelle cantine, nelle legnaie.

Si sarebbe dovuto diventare cittadini probi e senza macchia, e provare a reimmergersi nel flusso antico delle proprie vite dimenticate. Alcuni dei membri delle bande si scambiavano occhiate inebetite, altri fiutavano l'aria e i pericoli insiti nell'umana riappacificazione.

La notizia si era sparsa in un baleno: catturato e giustiziato sulle rive del lago di Como, mentre si approntava a riparare oltreconfine, trascinato di fronte alla folla inferocita, per il Duce la corsa era davvero finita: dinanzi a una folla rabbiosa e feroce, il suo corpo straziato e inerte era stato issato e appeso al cappio in piazzale Loreto.

E degli altri, che ne sarebbe stato? Avrebbero mai assaggiato la corda? Ora che avevano vinto—che avevamo vinto—dov'erano, e chi erano gli altri? Ora che tutti vi si erano accodati e un manipolo di vincitori si faceva d'un tratto popolo e nazione, che fare? Per italica inclinazione secolare, presso di noi la vittoria vantava immancabilmente una moltitudine di padri; la sconfitta, beninteso quella era sempre figlia di madre ignota.

Ci si sarebbe dovuto adoprare a perdonare. Siccome perdonare riesce difficile, ci si sarebbe dovuto almeno sforzare di dimenticare, sanando torti e soprusi nell'oblio che tutto livella. C'era da lasciar l'acqua passare sotto i ponti, che ce n'era da fare, diamine!

Come sempre succede, i destini degli uomini si divisero irreparabilmente.

Pur riavviandosi alla sua grama vita, il Bondio tornava infine dai suoi fanciulli e guardava gli altri con i suoi mansueti occhi buoni.

Anche il Bongiolatti, che era di qualche anno più giovane, incoraggiava tutti quanti, dicendo che avevano ancora un'intera vita davanti, e la voce ne tradiva un'emozione ancora adolescenziale.

Tutti si accingevano a tornare ai propri paesi, a far la conta di chi c'era, e il conto di quel che avevano in tasca.

Il Tonio si era fermato a V. per andare a trovare una donna, siccome il Tonio, anche in guerra, aveva sempre avuto affari di donne. Il Tonio sì che aveva sale in zucca, e lo aveva infine esortato con parole buone. Era come gli aveva detto: che eravamo in fondo tutti italiani, perdinci, e bisognava che si facesse ognuno la propria vita, e anche lui, Zeno, che facesse la sua, da ingegnere, senza punto esitare, senza guardarsi indietro; poiché chi si guardava alle spalle era perduto.

Aveva certamente ragione il buon Tonio: bisognava costruire l'Italia, che giaceva prostrata ed era tutta una maceria, tutta una miseria; e doveva farsi una famiglia, che senza famiglia, una donna e della prole, che vita era mai?

Al bivio, sul costone ombreggiato della montagna, si erano infine abbracciati e ciascuno aveva preso risolutamente il proprio cammino.

La via del ritorno

Scendendo la mulattiera, scorse una giovinetta che accudiva a un vitello e le si accostò; levando il cappellaccio, le chiese come si arrivasse alla stazione, siccome doveva prendere per S.

Aveva fatto la guerra e s'intimidiva di fronte a una ragazzetta... due occhietti chiari brillarono nell'ombra squadrandolo da capo a piedi; sotto le spalle della piccola contadina prorompevano seni già floridi e tondeggianti.

"Scendete diritto che arrivate in paese. Non si vede, sta di là del bosco".

Siccome non gli disse nulla circa la stazione, il soldato le chiese di nuovo.

"Che ci vuole, signor... soldato? Vedete un campanile, là è la piazza e di lato la stazione…ma di treni e corriere non ce ne sono più da un pezzo."

Di certo i binari dovevano essere stati bombardati, un ponte saltato, una mina esplosa in galleria, la strada franata da qualche parte. Come diavolo ci si arrivava a S. allora, si chiese a voce alta il soldato; la giovane si strinse nelle spalle e si volse verso il vitello che brucava mansueto, poi di scatto gli gettò un ultimo sguardo inquisitore, chiedendo: "Dove avete combattuto, signor... soldato?"

Siccome aveva combattuto sulle montagne, Zeno fece un cenno col capo ad indicarle, poi s'incamminò a valle.

Il sole era obliquo e non mordeva, le ombre dei frassini già si facevano lunghe e si sarebbe dovuto affrettare per arrivare in paese prima di sera.

Dopo un'ora buona stava sopra l'abitato di C.; tutt'attorno erano solo case e fattorie malandate e, nel mezzo, era un nucleo antico di baite dai tetti neri di pietra, gettate le une contro le altre.

Quando scese in paese, vide cha la ragazza aveva ragione: la stazione era chiusa; quattro assi di legno erano inchiodate all'ingresso. La piazza era deserta, le mura di alcuni palazzi erano squassate e si respirava polvere.

Svicolando due passi appena, vi era una locanda in un cantuccio ombreggiato, con due tavoli e qualche sedia sparpagliata tutt'intorno. Qualcuno giocava a carte, due uomini erano intenti a fumare in disparte. Avvicinatosi agli avventori, chiese se ci fosse una corriera per S.

Dopo aver raccolto le carte e segnato i punti con una spessa matita rossa da muratore, un vecchio gli disse che capitava male. Un tizio sulla cinquantina, con la barba ispida e una cicca spenta fra i denti, aggiunse che non c'erano treni o corriere, che doveva scendere fino a B.

"*Là trovii*"[2] aveva bofonchiato con voce rauca.

---

[2] Là trovate

Uno che era in disparte a fumare lo invitò
bonariamente "*Sentives giö un mument suldà. Bevii
vergot. Coma ve ciamii?*"[3]

Gli disse che si chiamava Zeno, trasse una
sedia e vi ci si lasciò cadere. Gli chiesero se
girava da solo e Zeno rispose che ognuno
adesso se ne andava per conto suo. Lui era di
T. e non ce n'erano altri.

Il primo tizio gli versò un bicchiere di rosso
da una caraffa da mezzo litro che l'oste aveva
appena posato sul tavolaccio. Zeno bevve un
goccio, inumidendosi appena la bocca.

L'oste lo guardava, col viso rosso e la
pancia infuori e gli diceva che aveva delle
stanze di sopra per passar la notte e che

---

[3] Sedetevi un attimo, soladato. Bevete qualcosa. Come vi
chiamate?

l'indomani, di buon mattino, il figlio scendeva a B. con la camionetta.

Il vecchio che rimescolava il mazzo, sbirciando da sotto il soldato come volendogli soppesare l'animo, gli chiese infine se avesse mai conosciuto il Costantino, suo nipote. Lo avevano ammazzato quell'inverno, sulle montagne.

Gli disse di no, che non sapeva: non si conoscevano sempre per nome lassù, e gente ne era morta tanta.

Il vecchio annuì grevemente e si disse quasi fra sé e sé: "*Ah, 'l ne morta tanta de gioventù!*"[4] e si accese una mezza nazionale. "*N'sé restat chi numa nun: sem vecc per la guera. E i giuven i e andacc tucc in isvizzera, chi l'ha podut...*"[5]

---

[4] Ah, ne è morta tanta di gioventù!

[5] Siamo rimasti qui solo noi: siamo vecchi per la guerra. E i giovani se ne sono andati tutti in Svizzera, quelli che han

Zeno gli disse che prima anche lui era stato in Svizzera, a Coira, ma erano passati tanti anni. "*Ah se sta ben in isvizzera...*"[6] confermò l'oste, e disse che se avesse avuto vent'anni se ne sarebbe andato anche lui, che quella era la vita; se avesse avuto ancora vent'anni si sarebbe attaccato a tutte le sottane; ma era tardi ormai, tutto se ne era andato alla malora...

Zeno s'incupì, mentre una risata amara riecheggiò nell'andito: risa di gole raspe di tabacco e cicoria.

L'oste si infilò dentro al locale buio e una ragazzina sferragliò su una bicicletta traversando la piazzetta. Era la figlia dell'ex podestà disse qualcuno; la bicicletta era quasi

---

potuto...

[6] Ah, si sta bene in Svizzera...

nuova, la giovane era quasi una donna. "*La sarà anca amö na redess, ma l'è già pronta per vardach sota a la sutana* " [7] sbottò qualcuno.

Il cerchio del tavolo si chiuse su se stesso, annuendo silenzioso; ognuno sprofondò un poco in sé, come in una nera corolla.

Zeno diede l'ultimo sorso e si levò in piedi. Prima di salire col suo fagotto al piano di sopra, ordinò qualcosa da mettere sotto i denti. L'oste gli portò in camera del pan di segale e del lardo, una minestra di cavoli e un quarto di rosso.

La sera era scesa, fresca e odorosa; dalle persiane spalancate entrava una brezza risanante.

Sarà pur ancora una bambinetta, ma già pronta per guardarci sotto la sottana. [7]

Il soldato fissava il soffitto, profittando finalmente di un materasso da cristiano, ma il sonno tardava, mentre rimuginava vecchie storie; ci avrebbe dovuto dormir sopra per rimettersi in forze e far riposare la testa.

Qualcuno doveva essersi via via aggiunto attorno al tavolo dei giocatori, poiché il vocio da basso era più intenso e fra gli avventori riecheggiavano ora una risata, ora un colpo di tosse, ora una bestemmia o una mala parola.

D'improvviso bussarono, tre volte, con colpi leggeri e appena udibili; la porta si aprì appena e nel cono d'ombra stava una ragazza magra, sui vent'anni, i capelli corvini e il viso minuto.

"*Suldà, te volet vegnii cun mi che'n fa 'n presa? G'ho bisogn de franc...*" [8]chiese secca la donna,

---

[8] Soldato, vuoi venire con me che facciamo alla svelta. Ho

prostituendosi. Lo spacco dei seni fendeva la veste leggera color cachi. Il soldato guardandola un po' inebetito le disse che non aveva soldi, né gran voglia del resto; per non restare lì sull'uscio le fece cenno di entrare e la ragazza sgattaiolò dentro.

Le chiese come si chiamava; gli rispose che si chiamava Veronica e gli occhi le scintillarono nelle orbite oscure. *"T'al sé che so da per mi, cun an redess?…an fa la famm..."* [9]

Le sue mani imploranti serrarono per un attimo i polsi del soldato, che si divincolò dicendole di no. *"Lagam fa!"* [10] le disse avvinghiandosi a lui. Il contatto con quei seni aguzzi gli diede un fremito violento; le dovette

---

bisogno di soldi...

[9] Lo sai che sono da sola, con un bimbo?..Facciamo la fame...

[10] Lasciami fare!

ripetere che soldi non ne aveva proprio, e dovette ripeterlo a sé stesso.

La donna sembrava trattenere le lacrime, mentre dal corridoio si udì per un istante una voce di bimbo. D'un tratto, la porta richiuse il suo fioco cono di luce e sbatté, ricacciando Zeno nell'ombra tetra della camera.

Tese l'orecchio e udì un solo un ciabattio giù per le scale, sempre più distante e, di ritorno, un brontolio d'ilarità che saliva pigramente dal pianterreno.

Un refolo di frescura spirava dai campi e ben presto fu solo la quiete della notte che regnava tutt'intorno.

***

La strada scendeva, costeggiando i prati, aggirando rari granai e qualche stalla mal messa. Il motocarro ronzava come un'ape operosa e sollevava un po' di polvere sullo sterrato.

Il figlio dell'oste era un formidabile chiacchierone, così che, pur in viaggio da un pezzo, Zeno non dovette quasi proferire parola.

Il padre gli doveva aver raccontato di come i soldati se l'erano vista brutta lassù sulle montagne, eccitando la fantasia del ragazzo, che moriva dalla smania di sapere. Zeno tagliò corto e finalmente gli disse che era proprio come dicevano, che era la guerra insomma. Il ragazzo sussultava e giurava che l'avevano infine vinta la maledetta guerra, ripetendolo un paio di volte, come a se stesso, per convincersene.

Là in basso si cominciava a scorgere B.; ci sarebbero arrivati a momenti e, mosso dalla curiosità, il ragazzo dovette avvinghiarsi sempre più strenuamente al soldato; voleva sapere della guerra e non gli restava tanto tempo.

"*Coma l'è a cupà n'om?*" [11]disse d'un fiato e poi sorrise, come inebetito. L'aveva detta grossa e il cuore gli batteva un po' più forte.

Zeno, ora fissando i campi verdi, ora un pezzo di cielo, proruppe in una risata e gli disse che non aveva ammazzato proprio nessuno.

Il ragazzo si dovette incaponire, siccome non si era mai vista una cosa così: far la guerra senza accoppare nemmeno un'anima!

Zeno cercò di trattenere un riso nervoso, spiegandogli che era ingegnere ed era stato assegnato perlopiù alle trasmissioni e alle mansioni di logistica.

Siccome il ragazzo sospirava deluso, Zeno si sforzò di trovare parole rassicuranti che potessero riuscire comprensibili.

---

[11] Com'è ad uccidere un uomo?

Infine, riuscì a cavare solo la magra costatazione che della guerra son più responsabili gli ingegneri degli artiglieri, poiché son loro che han le mani davvero insanguinate. Nel suo intendimento, l'applicazione metodica di conoscenze scientifiche all'arte della guerra ne moltiplicava a dismisura il potere distruttivo e, di conseguenza, la colpa che ne derivava. Un soldato annientava solo ciò che gli riusciva, nella misura in cui poteva, limitatamente alla gittata ed estensione dell'arma serrata in pugno...

Il ragazzo scosse solo il capo sconsolato, ai suoi occhi il soldato non esercitava più alcun fascino. Si azzittì e si fece cupo, curvandosi sul volante.

Si sapeva bene come si uccideva un uomo. Non era molto diverso da quel che succede in una battuta di caccia: una sagoma fra gli alberi, un corpo teso, un colpo che vibra in una ragnatela altrimenti immobile e silenziosa, e tutto è bell'e finito. Non ci voleva niente, e men che meno coraggio. Prima e dopo, era un senso d'irrealtà, eccetto la realtà della guerra, che non ha fine.

Giunti ai bordi della cittadina il ragazzo fermò il mezzo al bordo della strada, di fronte a una tenda di granaglie. Corrugando la fronte disse che andava di qua e che la stazione era di là, prese le poche monete che gli Zeno gli porse e ripartì di scatto pigiando sul gas.

Certe cose non gli entravano nella zucca, diamine: era il colmo far la guerra senza ammazzare neanche un cane!

***

Non era un buon segno che la stazione avesse un pezzo della facciata mezza sventrata, ma gli dissero che i treni andavano. Aspettò un paio d'ore senza nemmeno accorgersene: da soldato si era abituato ad aspettare lungamente. Infine, un treno nero come fuliggine si trasse pigramente verso la stazione.

Si sistemò nello scomparto più vuoto, dove sedeva solo un vecchio sulla settantina, il cappello piegato tra le mani e gli occhi azzurri velati a fissare il finestrino. Zeno lo scrutò per un attimo e ne compianse la vecchiezza, poi gli si sedette di fronte, dall'altro lato.

La mattina era luminosa e il convoglio sferragliava a discreta velocità, infilandosi di quando in quando in scure e umide gallerie, riemergendo nella frescura del lago che costeggiava.

Una brezza increspava le acque frastagliate che riflettevano il cielo limpido, sgombro di nubi e carico di promesse.

Chissà, sarebbe forse stato un bel giorno per morire! Tanto per il vecchio, che pareva bearsi nel lago taciturno, così per Zeno, il quale si sentiva come un buco nero dentro lo stomaco e aveva le gambe molli. Nella testa senza peso mulinava una muta infelicità.

Alla stazione seguente, dove si ripiegava e finiva l'ultimo lembo di lago, il vecchio scese, salutando con un grugnito.

Zeno profittò della solitudine per scrutarsi allo specchio bislungo posto sopra il poggiatesta. Aveva una brutta cera, gli occhi soprattutto: erano come fuori dalle orbite, tradivano un'ombra di paura, forse di pazzia. La barba rada dava un po' di contorno al viso smunto e smagrito, tirato come un tamburo di pelle d'asina. Sollevò il labbro, aprì la bocca a guardarsi la dentatura. Le arcate regolari erano ingiallite, la vita da soldato gli aveva reso i denti opachi.

Si lasciò cadere mollemente sul sedile, in procinto di tornare a casa dopo tanti, lunghi anni, dopo aver combattuto per la patria, dopo che la ebbe prima servita, quindi tradita, e infine liberata, o così si diceva.

La pianura del fondo valle scorreva placida, come dilatata nel sole che ormai batteva quasi a perpendicolo; nei campi, con apparente diffidenza, gli animali cercavano ombra sotto qualche albero.

Quando vide le care montagne, Zeno si ricordò di casa e si fece tutto serio, come nell'atto di prendere la comunione, o guardare dritto negli occhi una donna.

A S. avevano messo un cartello nuovo di zecca, bianco a caratteri neri, quasi a confermare incontrovertibilmente a qualunque passeggero, che quella era infine l'ultima destinazione. La motrice della locomotiva sbuffò, stridette e poi diede un rantolo, finché il treno fu fermo.

Zeno balzò a terra, gli scarponi fecero un tonfo sordo; il fagotto sulle spalle sbatacchiava come la coda di un cagnetto.

Il tabaccaio della stazione lo riconobbe scorgendolo da dietro la veneziana e si mise sull'uscio per complimentarlo: aveva fatto la guerra ed era tornato. Scambiarono due parole di circostanza, secche come canne di sambuco.

Zeno si mise in cammino, poiché prendeva una buona mezz'ora di mulattiera per arrivare al paese. Conosceva la strada come le sue tasche, sapeva esattamente dove il sentiero si inerpicava, o girava fra i massi, o si stendeva lungo i terrazzamenti delle vigne, dov'era ombreggiato dai castagni e dove battuto dal sole, o dove un ruscelletto a fior di terra impantanava il passo.

Giunto appena sotto il paese, Zeno riprese la strada ampia e sterrata che tirava dritta nella campagna e ripiegava nell'abitato.

Si fermò un attimo a guardare un grosso pero che là in basso, sotto un alto muro a secco, si drizzava frondoso da un ansa del terreno. Sotto quell'albero ci portava la Sabrina, che adesso doveva ben avere prole. Glielo aveva detto in una lettera, anni prima, che si era maritata col Bondio e che anche lui lo stavano per far partire, spedendolo in Albania. Ne era passata di acqua sotto i ponti...

Perché gli aveva scritto poi?

Voleva fargli sapere che il Bondio sarebbe partito anche lui, nel caso lo incontrasse, magari per tenere un occhio aperto su di lui.

Le donne! Grazie al cielo di guerra non ci capivano un'acca...

Il paese era rimasto lo stesso di prima della guerra: povero e agro, ma pur sempre verdeggiante e ben assolato, disteso su una bella conca al riparo delle montagne. Un forestiero lo avrebbe preso per un posto prospero, ché il sole era alto e la campagna luceva tutt'intorno.

Sull'ampio tratturo che sbucava dai castagneti e tirava dritto tra le frasche, Zeno prese il passo a una famigliola trotterellante dietro a due vacche magre e raggrinzite. L'uomo era il Vinicio, un disertore che, ridiscesi i monti ove aveva riparato allo scoppio della guerra, era tornato alla povera dimora

Le parole del Tonio gli riaffiorarono alla mente. Era come diceva lui in fondo: eravamo infine tutti italiani e bisognava scordare il passato.

Zeno accelerò il passo entrando nella vecchia contrada raggomitolata attorno alla chiesetta romanica col tetto di legno e le pietre millenarie. Era pietra povera di greto di torrente, erano sassi raccolti, trasportati e lavorati venticinque generazioni addietro, dagli antenati di quella gente, dai vecchi dei vecchi dei vecchi, e così via, a ritroso nelle budella obliate del tempo. Sette secoli innanzi, quella gente che pur non aveva veduto, uomini senza altro capitale che le pietre levigate dal rivo, su quel quadro di terra aveva eretto la casa del santo, Tommaso, che giustamente era venerato, poiché egli aveva veduto, e aveva creduto. E beati sono quelli che pur non avendo visto crederanno.

***

Traversate le corti annerite dal fumo, risalendo per il selciato irregolare, traverso gli orti, Zeno scorse la casa del padre.

Circondata da un bel campo rigoglioso, pareva sempre la stessa, uguale a come se l'era sempre ricordata negli anni della guerra, per il prisma della memoria, nelle sere obliate, quando gettava sugli infidi giacigli le proprie povere spoglie di soldato.

Il padre era ancora lì, bell'indaffarato dietro ad un pruno, trafficando con delle forbici da giardino. Era un uomo agile e robusto, dalle mani grandi e nodose, i capelli radi, e fondi occhi neri e inquisitivi che, irrequieti come falene, ti frugavano l'anima.

Zeno rimase tutta l'estate, indeciso sul da farsi.

Il padre lo osservava di lontano, scuotendo a volte il capo.

Mentre il corpo era ancora forte e flessuoso, nel volto egli si era fatto vecchiarello. Le rughe del tempo, fonde e marcate, gli solcavano la fronte e le guance, raggrinzendogli il collo. Pur conservando la loro intelligente mobilità, erano proprio gli occhi a tradirne gli anni: parevano non più penetrare fondi come un tempo, e nelle pupille brillava una luce appena percettibilmente smorzata, come il fiammeggiare di un fuoco crepitante visto di traverso una finestra opaca.

Aveva idee chiare sulla guerra e sull'Italia, era un piccolo proprietario terriero che non aveva mai legato col fascio e riponeva qualche fiducia nel Partito d'Azione e negli esuli dei movimenti clandestini che avevano fatto rientro in patria. Credeva che nella repubblica, o meglio diffidava della monarchia, dei Savoia che avevano fatto il loro tempo. Guardava con disprezzo quei tanti che avevano voltato gabbana, specie quelli che lo fecero ben due volte. Ripeteva che il mondo purtroppo era dei furbi e scuoteva la testa. Ammoniva Zeno, dicendogli che se ne sarebbe reso conto, che lo avrebbe ben visto, quando lui non ci sarebbe stato più; la profezia risuonava vivida e minacciosa.

Volle sapere della guerra e della campagna d'Africa e ascoltò lungamente i racconti del figlio. Diceva che era una brutta, pessima storia, ma si doveva dimenticare, che il passato era passato e lo esortava a partire, ad andare a Milano e costruirsi una vita.

Diceva al figliolo che da lì a vent'anni si sarebbe ricordato delle sue parole, che tempo vent'anni l'Italia si sarebbe modernizzata e arricchita, perché il popolo aveva fame e aveva ritrovato la libertà. Un popolo giovane e affamato, diceva, impara a sfamarsi, e l'Italia era tornata giovane, ed era povera, più povera che mai. La povertà era il motore del mondo, e chi non aveva abbastanza fame era destinato ad essere sbranato. La guerra, come tutti i disastri, poteva rivelarsi allo stesso tempo una benedizione per coloro che vi erano sopravvissuti. Il mondo era dei forti e, infine, si doveva distruggere per ricostruire: finalmente c'era distruzione tutt'intorno. Gli diceva di non fare come lui, ma di godersi la vita; lo incoraggiava a non risparmiare, a non spaccarsi la schiena per mettere assieme dei pezzi di terra, di non metter su famiglia, poiché non ne valeva la pena. Lo esortava a infischiarsene, a non fare come lui, che aveva speso la sua vita di uomo probo e onesto e ora era vecchio e solo come un cane. Gli diceva di pensare a far soldi e godersi la vita, di non negarsi i piaceri, le gite, di andare a donne piuttosto, e non avere figli, di lasciar perdere, che tutto non era che una grande menzogna. Lui era vecchio ormai e poco importava, ma non voleva che suo figlio

dovesse imparare tutto di nuovo, scontando
sulla propria pelle le amare, sciocche illusioni
di gioventù.

Povero padre! Gli occhi gli si facevano più
opachi e un senso di amara disperazione gli
doveva calar addosso come una mannaia.
Girava irrequieto per il campo, con Zeno che
a volte gli correva appresso, e si mordevano la
coda l'un l'altro.

Spesso i loro sguardi cingevano la valle che
si stendeva davanti agli occhi e la chiesa del
santo, appena lì, a un tiro di schioppo,
rammentava loro come essi non avessero
veduto, e quindi non creduto. Ogni volta che
rintoccavano le campane, la domenica per la
messa del mattino, esse annunciavano che
beati erano coloro che, pur non vedendo,
avrebbero creduto.

D'altronde, senza alcuna distinzione, le campane avrebbero rintoccato per tutti quanti un giorno, e indicibilmente lunga era l'attesa.

Zeno si sentiva in cuore che quella sarebbe stata la sua ultima estate nella casa del padre. Le notti di luglio gli recavano spesso sogni confusi e dolorosi, presagi di decadimento e morte. Tuttavia la campagna odorava come non mai, e nelle lunghe sere si fiutava nel vento il senso di un destino ancora da compiersi, e nel tiepido spirare dei campi rifluiva il desiderio, mai sopito, di esistere.

Dopo cena, nel tedio della sera, Zeno si sdraiava a volte nel fienile, sotto la tettoia rabberciata, aspettando che la notte calda calasse tutt'intorno. Fra la catasta della legna e il tetto si apriva uno squarcio di cielo, caliginoso e senza stelle. Zeno allora respirava fondo, scrutando la cavità di quello spicchio di firmamento che, inesorabile, pareva risucchiarlo a sé.

Si attutivano presto i rumori della sera, dai pagliai qualche cane latrava di lontano e il villaggio si assopiva in un silenzio sordo e senza tempo.

PARTE SECONDA

Questo è il mio diario. È quasi come l'ho lasciato, con la mia storia, così come me la sono raccontata, o quasi. È la mia storia, così come l'ho ascoltata, o quasi. Da buon ingegnere e soldato, quest'italiano non mi parrà che un ghirigori, sinistramente abbellito con parole inutili e mutilate. Perdonami se puoi, ora che mi sono aggiunto alla schiera degli eserciti invisibili, ora che riposo anch'io nella terra negra, ora che la vita non mi parrà altro che un miserevole incidente, un singhiozzo strozzato che interruppe l'eternità del nulla.

La rovina, il ricovero coatto

L'atto formale fu semplicemente la firma del medico, apposta in calce al provvedimento giudiziario di ricovero coatto.

I carabinieri, per parte loro, avevano ottemperato al giusto dovere di salvarmi la vita, impedendo un orrendo crimine contro la coscienza e la morale comune. Insomma, la seconda volta che mi fermarono, giusto sul punto di buttarmi dal ponte sul M., mi presero con la forza e portarono qui, rinchiudendomi di punto in bianco, con irrefutabile fermezza.

In verità non sarei qui, se non fossi rimasto solo al mondo, come impantanato, o peggio, annaspando in torbide acque: la riva di là era perduta, e quell'altra già troppo lontana.

La malattia vera però si sviluppò poco a poco rinfocolandosi sempre di più, dopo che mi ebbero messo dentro, dopo che ebbero iniziato a darmi la cura—inerpicandosi per le trame sottili della mia mente come un'edera velenosa.

Ne son passati di anni, quasi venti che son qui dentro; ma adesso stanno per chiudere; presto si sbaracca.

A Roma han promulgato una legge audace, un provvedimento beninteso di larghe intese, che precorre i tempi e abolisce la malattia:

insomma, chiudono i manicomi. Dicono che ci metteranno quasi tutti fuori, così adesso stiamo tutti quanti nel limbo, con un piede nel mondo dei savi e l'altro ancora in quello dei matti.

La legge è già bella e pubblicata sulla Gazzetta Ufficiale, eppure io non mi sento ancora tanto bene; l'ho detto ai dottori. Loro si ringalluzziscono e, rallegrandosi, mi dicono che le cose presto cambieranno, che mi riabiliteranno, reinserendomi a pieno titolo nella società. Io non ci credo; anche gli infermieri scuotono il capo: loro di solito ci azzeccano e non gliela mandano a dire.

Per adesso mi han cambiato i farmaci; a me pareva che fossero meglio quelli di prima, perché da quando ho iniziato ad assumerli

questi nuovi mi fan rimbombare la testa come
una zucca cava.

Siccome dormo poco la notte, lo scorso
Natale il primario dell'istituto psichiatrico in
persona mi ha regalato un diario,
incoraggiandomi a scrivere le mie memorie.
"Per ammazzare il tempo e tirar l'alba," come
mi volle benevolmente incoraggiare. Allora,
mi son detto, tanto vale che lo usi per
davvero, tanto non ho mica nulla da perdere.

Infine, pare che mi metteranno in una casa
famiglia con altri due pazienti.

Nelle parole del dottore, è bene che inizi a
liberarmi del fardello, o almeno me ne
alleggerisca scrivendo.

Scriverò allora – che non mi costa un
quattrino – e dipanerò il ricordo, anche se per
adesso è tutto una grigia nebulosa.

Tempo ne ho, anzi ne ho avuto, che a ben vedere adesso non me ne resta nemmeno più tanto...

La casa dei morti

"Se non hai paura di pungerti con le ortiche, vieni lungo lo stretto sentiero che conduce al padiglione, e lasciaci vedere cosa succede là dentro. Aprendo la prima porta, accediamo all'entrata. Qui lungo i muri e accanto alla stufa ogni tipo di rifiuto d'ospedale giace sparso alla rinfusa. Materazzi, vecchi camici sbrindellati, pantaloni, camicie a rigoni blu, stivali e scarpe non più buone a niente – tutti questi resti sono ammassati in cumuli, frammisti e sgualciti, ammuffiti e dall'odore nauseabondo".

Anton Chekhov, Reparto N. 6

***

Il manicomio che domina la città è un complesso di tre strutture principali e varie palazzine, costruito proprio sul declivio che s'impenna appena poco sotto le mura.

La domenica mi piace starmene assorto nei giardini e guardare là in basso. Non che la città sia particolarmente bella o interessante, bassa e piatta com'è, sparsa e irregolare, col centro raggrumato attorno al vecchio campanile.

Bisogna ammettere come dia sempre una bella sensazione guardarla solo dall'alto e tenersene alla larga, come farebbe una cornacchia nera spennacchiata in precario volo.

La domenica, quando ci son le partite, gli infermieri lasciano sempre una radiolina accesa sotto il portico. A me piacciono il silenzio e la quiete, a meno che dalla penombra il boato rauco di San Siro esploda e giunga fin quassù, perché allora ci sentono fino al refettorio, specialmente se è di turno almeno una delle due zebre juventine, uno dei fratelli Perego.

Eppure, mi son sempre trovato bene con tutti: infermieri, dottori, inservienti, ausiliari, che passano tanto tempo nella struttura e ci stanno degli anni; a ben guardare essi vi trascorrono, proprio come noi, un'intera vita.

Mi parlano con deferenza, anche i dottori, mi chiamano l'*ingegner* e a volte mi chiedono dritte e consigli. Ce n'è proprio da ridere!

"Con la testa che hai te, io facevo tremare il mondo," mi diceva il Pippo. Faceva l'usciere e una volta andato in pensione ai sessant'anni precisi, con l'orologio d'oro e tutto quanto, ecco che il poveretto non riusciva a starci lontano; gli mancavano i colleghi, ma anche noi matti e l'ospedale in genere, con le sue stanze, gli atrii, le rientranze, i rumori e gli odori che rincorrevano le stagioni della natura e degli uomini.

Siccome era vedovo e non aveva figli, tante volte la domenica veniva su a trovarci e portarci del cioccolato o una stecca di *Emme Esse*.[12]

Mi faceva stringere il cuore, povero Pippo, che avrebbe voluto la testa che avevo io, per far tremare il mondo!

L'altro giorno un infermiere giovane, il Gianni – una schiena dritta che aveva fatto il Sessantotto – ci dice che il Pippo lo avevano tirato sotto un treno e aveva fatto una brutta fine. *Oh Signor!* [13]

Ci rimuginai per qualche tempo, poiché qualcosa non mi quadrava; mi pareva che già da un pezzo, per noi, egli non fosse propriamente vivo che in quelle domeniche pomeriggio quando veniva su a trovarci. Per il resto, ero più triste il giorno che aveva smesso

[12] Sigarette di fabbricazione nazionale, prodotte sotto l'egida dei Monopoli di Stato.

[13] Sant'Iddio!

di far l'usciere e credevo non lo avremmo visto più, piuttosto che adesso, che sento con rincrescimento della sua fine miserevole.

Non riesco neanche a immaginarmelo che sia finito sotto un treno, mi farebbe troppa pena; per questo faccio finta che se stia ancora lì, a godere dell'agognata pensione, povero Pippo, e che si sia finalmente rifatto una vita. Ecco, mi dico, non ha più tempo di portarci cioccolato e sigarette, perché adesso si è trovato finalmente una donna; e una donna prende il tempo che prende, specialmente la domenica!

Ricordi

'I know the night is not the same as the day: that all things are different, that the things of the night cannot be explained in the day, because they do not then exist, and the night can be a dreadful time for lonely people once their loneliness has started.'

Ernest Hemingway, A Farewell to Arms

***

Ancora non mi capacito di come sia effettivamente rimasto qua dentro per vent'anni, che se me lo chiedete, infine nemmeno io so perché mi ci han portato.

Mi ricordo che quella sera sotto i miei piedi c'era solo la roccia muta e acuminata, che volevo saltare per di là, per soffocare la solitudine, per ricacciare indietro il pensiero e il tormento. Ecco, si disse che ero matto, punto e a capo!

Lo capisco bene che ci si debba per forza illudere così, che sia troppo doloroso riconoscere come l'esistenza sia esattamente com'è, ammorbata e senza senso, e comprendere come nello stretto sentiero dei propri giorni, un uomo decida piuttosto di scansarsi dagli altri suoi simili: come nelle litografie antiche, indossando curiose maschere a becco per proteggersi da contagi pestilenziali.

Eppur la mia non era pazzia, credo. La mia malattia non era che la spossatezza, l'infelicità, la desolazione.

La testa mi pesava, e mi pesavano indicibilmente le membra, come se l'ineffabile esercizio di esistere mi costasse sforzi sovrumani e pene d'inferno.

Se guardo a ritroso, traverso l'oscuro ombelico del tempo, mi pare che non riuscii mai veramente a riadattarmi alla fine della guerra.

Su un giornale spiegazzato, nell'androne del refettorio, lessi un giorno che alcuni soldati giapponesi – veterani si dovrebbe dire – decine di anni dopo il cessare delle ostilità furono scoperti ancora a presidiare un isolotto del Pacifico, semplicemente ignari del mondo circostante e del corso della storia. Sentii per essi una vicinanza fraterna, poiché anch'io in fondo non avevo che continuato a far la guardia alle rive brulle e deserte del mio animo, scrutando acque torbide e di profondità inesplorate.

Insomma, capivo bene come la mia esistenza da civile, la carriera d'ingegnere, il futuro di uomo assennato e felice, di cittadino prospero e panciuto, soddisfatto di sé degli altri, d'italiano che finalmente coglieva i frutti dell'avvenire lungamente agognato, ecco, come se tutto questo fosse solo menzogna, o peggio, la triviale verità di un'esistenza amara e inconsolabile.

Avevo ben provato a calarmi in quella parte farsesca, a recitare e calcare la scena come una comparsa balbettante. Mi ero sforzato di essere felice, di avviarmi sul sentiero della maturità, di ingannarmi circa il senso delle cose e d'esser parte di un disegno più grande, un'unità di cuore pulsante volta alla rincorsa della felicità.

Ebbene, che cos'era in ultima sostanza quello che desideravamo tutti all'unisono? Non era semplicemente il gretto benessere?

Era una Cinquecento o un'Alfetta, per fare le gite al mare, erano le mille lire da spendere o da risparmiare, l'acqua calda in casa, la cucina col frigorifero della Zanussi, un televisore della Indesit nel salotto vellutato...

Avevamo passato le inenarrabili pene della guerra e serbavamo in seno il desiderio, il sacro diritto di star bene, e godere della nostra Italia perbene che faceva *boom* e cresceva mollemente nella bambagia, dilatandosi a dismisura come la vescica di una grossa vacca da latte.

Come non bastasse, tutte le domeniche andavamo perfino in chiesa: fingevamo tutti poiché, a ben guardare, il nostro Dio non era che una mascherona di Balanzone, ridanciana e bonaria, che ci perdonava ogni volta con una pacca sulla spalla; insomma, era anch'egli un Dio perbene, tale e quale a noi, devoti credenti: un Dio confezionatoci ad arte da preti panciuti con mani lisce e menti rasati.

Non era punto lo stesso Dio di Don Luigi, che era anche lui un prete, che si era nascosto lassù sulle montagne perché laggiù, in Brianza, aveva protetto in sagrestia donne e bambini ricercati dai loro aguzzini, impedendo che fossero inviati alla prigionia dei campi?

Il vescovo lo aveva mandato via in fretta e furia, prima che Don Luigi potesse scoprire con inconfutabile chiarezza se si sarebbero fermati davanti alla tunica da prete, o almeno di fronte alla croce del Golgota.

Era diventato il prete dei partigiani della Val di T.; non imbracciava il fucile, ma ci dava di randello quando serviva e aveva sempre una parola buona. Quando uno era malato,

Don Luigi gli offriva una spalla amorevole; officiava matrimoni fra fuggiaschi e contadine, battezzava, consigliava, benediva, impartiva oli santi ai moribondi. E seppelliva infine, quando non c'era proprio più santo che tenesse.

Il tuo destino, Don Luigi, non era quello di diventare un buon prete pacioso, un soldatino democristiano. No, il tuo destino era un altro: era di morire ammazzato come il Cristo, per sottrarre un ragazzino a un colpo di mitraglia.

Quante volte, Don Luigi, abbiamo calunniato il tuo Dio, *veritablement misericordieux*, pregando quest'altro, questo qui che ci propinano tutte le domeniche, anche qui al manicomio, che giustamente ha la sua cappella e la sua brava funzione settimanale.

La domenica mattina ci facciamo il bagno, ci cambiamo, ci mettiamo camicie fresche di bucato e, secondo la stagione, financo un bel maglione con l'etichetta della provincia. Si va alla messa delle undici – chi vuole beninteso – anche se le suore sono sempre solerti e con larghi sorrisi magnanimi non perdono mai occasione per incoraggiarci a parteciparvi numerosi.

A destra dell'altare, sul muro giallognolo c'è un bel quadro che raffigura San Patrizio che schiaccia il serpente. Il vecchio santo che scacciò i serpenti dalla verde isola d'Irlanda ci guardava immutabilmente con occhi benigni, benedicendo noi poveracci che stavamo seduti sui banchi, con la testa china e la schiena piegata in avanti. Dietro di lui l'artista aveva dipinto uno sfondo bruno di campagna umida e nereggiante, con un cielo minaccioso e squarciato d'azzurro che la sovrastava.

Rammentavo confusamente la benedizione del santo al viaggiatore irlandese. "*May the road rise to meet you, may the wind*," mormoravo fra me e me, "*be always at your back, may the sun shine warm*"…"*warm upon your face, and the rains fall soft upon your fields and, until we meet again*"…incespicavo "*and, until we meet again, may God hold you in the palm of His hand.*"[14]

Pensavo che forse avremmo anche noi un giorno saputo mettere in fuga i nostri demoni, se solo Iddio ci avesse tenuto nel palmo della sua mano onnipotente.

---

[14] Possa la strada innalzarsi per venirti incontro, possa il vento essere sempre alle tue spalle, possa il sole risplendere caldamente sul tuo volto, e la pioggia cadere gentilmente sui tuoi campi e, fin che non ci rincontreremo ancora, possa Dio tenerti nel palmo della Sua mano.

Quando un malato moriva, la domenica il parroco lo ricordava sempre nell'omelia e faceva un cenno verso dove questi soleva sedere – avevamo tutti i nostri posti pressappoco assegnati – o, nel caso di infermi, atei e agnostici, indicava vagamente un indefinito spazio oltre le vetrate, a rappresentare l'ospedale, o il mondo fuori di esso.

In quei casi io mi ritraevo sempre incredulo alle parole del prete, sforzandomi di rammentare il volto di chi era dipartito. Ecco, mi dicevo, questo o quello non si sarebbe più seduto tra noi a messa, o in refettorio, non avrebbe più occupato quel tal letto, quella tale stanza.

Mi pareva risibile che, a dispetto di questa terribile e innegabile realtà, noi altri ci sedessimo ancora la domenica fra i banchi della cappella e ci ostinassimo a occupare imperterriti i nostri posti di sempre, a pranzo e cena, o i nostri medesimi giacigli nei dormitori.

La morte era dunque un evento irrevocabile solo per chi moriva, solo per colui per il quale era finalmente suonata la campana, mentre per tutti gli altri continuava l'esistenza di sempre, in perenne attesa.

Il prete sosteneva che ci saremmo dovuti rallegrare, o perlomeno avremmo fatto bene a non serbare alcun timore, dacché questo o quello che se n'era andato per sempre riposava era ora nella mano del Padre, nel suo palmo misericordioso.

Mi pareva che non potesse che essere così e che le parole del santo rivelassero un'incontrovertibile verità.

Che importava dunque, che si trattasse del malato psichiatrico, condannato a vita, dell'infermiere che veniva cinque giorni a settimana, del medico, o del primario, che aveva uno studio tutto suo e portava a casa un milione e mezzo al mese? Che importava dunque? Che la strada fosse dritta davanti a noi, o che non altro che un sentiero traditore ci riservasse il fato? Che si avesse il vento alle spalle o a soffiarci impietoso in faccia, il sole caldo a scaldarci il viso, o la tempesta a imperversare sul nostro capo? O che la pioggia irrorasse i nostri campi o l'arsura li bruciasse nella torrida estate, che importava? Che importava dunque tutto ciò, se ci saremmo incontrati ancora, un giorno, riuniti nella pace del Signore? Che importava se prima di allora, *dans l'espace negligible d'une existence*,[15] Iddio ci avesse portato in palmo di mano, o coi medesimi palmi ci avesse invece beffardamente schiaffeggiato?

Il prete, nella sua omelia bassa e monocorde, non ci parlava mai di una vita nuova che potessimo incontrare a portata di mano, sotto i nostri nasi, o perlomeno raggiungibile con sommi sforzi su questa medesima terra. Non diversamente da noi malati, gli infermieri e le suore annuivano sommessamente, come riconoscendo che non fosse punto immaginabile un'esistenza diversa.

Poveretto, il curato del manicomio non era un teorico della liberazione, non era un Óscar

---

[15] Nello spazio negligible di un'esistenza

Romero, per citarne uno fra i probi martiri della Chiesa.

Era forse irragionevole l'idea che un buon prete fosse quello che all'occorrenza sapesse anche bestemmiare, armato del coraggio di sfidare la coscienza comune, per offrire una possibilità, una via di salvezza. "Ecco," doveva saper dire, "imparate a ribellarvi a questo vostro destino – i matti come i savi – vi dovete saper rialzare e mettervi in cammino sotto la guida del Signore..."

Il prete del manicomio, però, si atteneva al suo compitino: impartiva la sacra comunione e ci lasciava andare "in pace," senza spiegarci bene in cosa questa pace effettivamente consistesse. La funzione domenicale ci pareva così monca, e anche fra noi matti ci si guardava perplessi; in quel mentre di solito si era già fatto quasi mezzogiorno e le pance reclamavano a buon diritto: bovinamente ci si avviava al refettorio.

La Malattia

Chi non l'ha mai provata, la malattia se la figura forse come un'ombra nera e indefinita che grava sull'anima. Io, da malato che l'ha scontata sulla propria pelle, so bene come questa sia piuttosto un dolore fisico che ti pesa sul corpo, un tormento sottile e impenetrabile che ti soggioga e stritola lentamente.

Innegabilmente, eravamo uno zoo bello e variegato: c'erano i dementi, gli schizofrenici e gli oligofrenici, i maniaci depressivi, quelli oppressivi e, bontà loro, i ritardati. Ciascuno aveva la sua croce: per alcuni erano allucinazioni e voci che vagavano irrequiete dentro la testa, per altri desiderio di autopunirsi o infliggere dolore ad altri.

Per me erano i rumori la cosa più dolorosa: il gemere di altri pazienti, gli stridii degli armadietti, lo sbattere delle finestre negli androni, le urla e gli improperi degli altri matti; mi turbavano profondamente anche i piccoli rumori assopiti che venivano dall'esterno della comunità: i ronzii sordi delle macchine e dei motorini, le sirene delle ambulanze, il vociare dei ragazzini che uscivano dal convitto, insomma, tutti i suoni dell'operosa vita che, fuori dalle mura, fluiva.

Nella mia dolorosa vaglia, questi rumori mi pesavano sulla testa e rimbombavano dentro di me, come in una campana vuota, in un corpo cavo.

Dormivo poco la notte, poiché in ospedale non era come in tempo di guerra, che ci si buttava pesantemente sul primo giaciglio che capitava a tiro, con membra spossate e testa arroventata; in ospedale i giorni son lunghi e oziosi: il corpo non si stanca mai, la mente sfianca e arranca lungo sentieri impervi e impalpabili.

Dopo l'immeritata cena delle sei e mezzo al refettorio, ci si levava, attendendo alle proprie serate, sempre uguali, in sala tivù o giocando a briscola.

Le notti calavano furtive e tutti quanti vi ci abbandonavamo come docili bestiole, noi malati non dissimilmente dai savi. Quando a poco a poco gli androni si svuotavano e ci si metteva a letto, il sonno tardava e, nell'oscurità, ululati sinistri ci tenevano desti come sentinelle in attesa.

Nelle notti stellate, cinto nel mio pigiama a quadri, mi levavo spesso, appropinquandomi al finestrone per scrutare il cielo.

A volte, l'arco celeste mi appariva come un'enorme fossa senza fine, il budello oscuro dell'universo; altre volte riconoscevo il mio cielo, benedicente come una nutrice, in cui le stelle si perdevano, baluginando come fuochi freddi e dimenticati.

Con la chiappone al calduccio e la pellaccia salva da pericolo immediato, m'interrogavo sul significato dell'esistenza: della mia in particolare e di quella degli altri pazienti, e

degli uomini in generale, quelli che erano fuori
da quest'orto secluso, oltre le sue mura visibili
e quelle invisibili.

La Città

« *L'inferno dei viventi non è qualcosa che sarà; se ce n'è uno, è quello che è già qui, l'inferno che abitiamo tutti i giorni, che formiamo stando insieme. Due modi ci sono per non soffrirne. Il primo riesce facile a molti: accettare l'inferno e diventarne parte fino al punto di non vederlo più. Il secondo è rischioso ed esige attenzione e apprendimento continui: cercare e saper riconoscere chi e cosa, in mezzo all'inferno, non è inferno, e farlo durare, e dargli spazio.*»

Italo Calvino, Le Città Invisibili, 1972

***

Se rammento i lunghi anni trascorsi a
Milano, capisco bene che fu proprio allora che
si materializzò la mia caduta, o perlomeno
l'epoca in cui percepii l'evidenza della mia
imminente rovina.

La città nell'immediato dopoguerra si era
rimessa in piedi come mossa da un operoso,
proverbiale istinto millenario.

Negli anni Cinquanta era già tutto un brulicare di vita e opportunità: era ripreso con fervore il commercio e muoveva passi da gigante l'industria in tutto il milanese, con grandi stabilimenti, come quelli della Falk, della Pirelli, della Edison, della Montecatini, della Cantoni, della Riva, della Tecnomasio, che impiegavano decine di migliaia di operai e tecnici, introducendo in fabbrica l'organizzazione lavoristica del taylorismo avanzato.

Erano sempre di più gli italiani, in particolare al Nord e nelle aree maggiormente urbanizzate, che si potevano permettere di portarsi in casa ogni ben di dio: frigoriferi, lavatrici, televisori e una moltitudine di altri piccoli elettrodomestici mai visti innanzi. Nel volgere di un intervallo rimarcabilmente breve, le automobili s'erano impossessate delle strade e una montagna di plastica aveva invaso la nostra quotidianità.

Con i proventi della vendita di un grosso podere dei nonni acquistai un appartamentino in Piazza Cairoli e subito dopo trovai impiego come supervisore presso una grossa ditta specializzata nella progettazione e costruzione di macchinari per l'industria meccanica di precisione; ero insomma quel che si soleva definire un capoccia.

Gli anni mulinavano come foglie al vento e noi ci gonfiavamo come delle rane taurine, e gracchiavamo sempre più stoltamente.

Non ci mancava niente: la domenica si andava a San Siro a veder la partita, e poi al ristorante. Nei locali pieni come uova si godeva delle sere, dei sabati, delle domeniche, delle primavere, delle giornate di sole; l'estate si andava al mare o ai monti. Bastava la proverbiale paga del sabato, una macchina, e forse una donna, perché la felicità paresse estendersi senza conoscere fine.

E, in una parola, s'invecchiava...

Fin dai primi anni Sessanta presero ad arrivare a migliaia frotte di lavoratori dal meridione d'Italia; sbarcavano da treni carichi e si radunavano spaesati nei piazzali della stazione, cercando parenti e compaesani per una prima sistemazione. Era l'esercito dei *terún,* venuti a prestare alla fabbrica la forza bruta delle loro mani corrugate di contadini, a chinare le loro fronti olivastre sui nostri macchinari d'acciaio.

Erano siciliani, abruzzesi, pugliesi, napoletani, calabresi; avevano gli sguardi furtivi degli arabi e dei greci, occhi svelti e neri, capelli crespi che odoravano di mare; le loro mani, che avevano imparato dai vecchi l'arte della pesca o della coltivazione degli ulivi, ora si prestavano docilmente al lavoro in fabbrica.

Le donne stavano in casa e accudivano ai bambini, e restavano incinte nelle nebbiose e fredde notti d'inverno in periferia, o nelle umide estati; talvolta succedeva che restassero gravide anche nelle mezze stagioni.

Nei caseggiati di ringhiera, o nelle alte torri delle case popolari nelle propaggini della città, nascevano e crescevano nuovi italiani, immemori della guerra, figli di migranti, scappati dal Sud e dalla miseria, che ormai disconoscevano il dialetto dei padri.

Nelle scuole pubbliche, fino alle medie, i figli degli operai si mischiavano a quelli dei colletti bianchi e dei padroni – poi i primi iniziavano a lavorare o facevano le professionali, gli altri per lo più si avviavano ai licei – ma la commistione era sana e vigorosa, e la lingua parlata era finalmente quasi la medesima.

Milano cresceva a dismisura, ci si spostava con gli autobus, o financo in metropolitana, con la "rossa" inaugurata nel '64; nel traffico ingolfato ruggivano le automobili, l'aria già si faceva meno respirabile. La metropoli s'ingrossava come un fiume in piena e si spandeva a vista d'occhio, divorandosi lembi di campagna e tutto quanto le si parava in fronte.

A giudicare dalle apparenze, insomma, non eravamo mai stati meglio. Eppure, per me la vita in città si era presto rilevata cattiva compagna e pessima maestra di vita, rivoltandomi profondamente l'animo, come la lama di un aratro oscuro e inesorabile.

Ora, nella memoria, quel mio intero tratto d'esistenza giace come un vecchio, sghembo tronco d'albero reciso, annerito dagli inverni e dalle piogge, sopraffatto dalle morte stagioni inghiottite dal tempo. Traverso il prisma sfocato del tempo, ripenso agli anni lontani della maturità, all'inutile arrabattarsi nell'operosità della professione, a quel vano vibrar di nervi che era la mia quotidiana esperienza.

Ricordo le primavere tiepide e mollicce, le umide estati infuocate, gli autunni di rilucenti guazzabugli e nebbie, gli inverni di piogge mute e di fredde parole.

Ricordo che soffrii, senza saperne nemmeno io bene il perché; forse inutilmente, soffrivo quasi per capriccio.

Ecco che già poso la penna stancamente, poiché non mi par di poter cavare da quel tempo cosa che valga la pena di riportare alla luce del giorno.

Ugualmente, furono anni che trascorsero vani anche per l'Italia. Ci si arricchì, di quella ricchezza di plastica e gomma, di quella compiacente, infantile voluttà che rende l'uomo superbo.

Abituati con le nostre brave pezze al sedere, d'improvviso prendemmo tutti a voler vestire pantaloni bianchi di lino.

Les femmes étaient désormais émancipées:[16] fumavano le Muratti e sbuffavano dai lati della bocca fumosi pensieri.

Uomini col pelo sullo stomaco facevano fortuna e imbastivano dinastie.

Al circolo del tennis conobbi ad esempio un architetto, che oggi ancora vive, ed era ai suoi tempi fra i più stimati. Sui quadri di terra rossa sgambettava su gambette un poco sghembe e sbracciava a fatica, ma nel campo dell'edilizia stava già diventando un magnate.

Un giorno, nel suo ufficio, nel lato della piazza che dava sulla chiesetta di San Babila, mi mostrò un modellino della città, di come sarebbe divenuta. Il plastico si stendeva come una florida matrona, con i lembi protesi nella campagna. Il grigio che maramaldeggiava sul verde narrava il colore del futuro e presagiva il definitivo sentimento dei tempi.

---

[16] Le donne erano ormai emancipate

"Si costruirà, si dovrà costruire, caro il mio Zeno, ma per forza!" diceva con aria sognante. "Le opportunità son infinite..."

Le sue braccia cingevano il tavolo, come ad abbracciare una voluttuosa amante, le mani mulinavano nell'aria, le dita fremevano d'impazienza. Ricordo come puntava l'indice in tutte le direzioni, e come diceva "Qua adesso son ancora campi," con l'aria condiscendente di un gesuita dell'urbanistica pronto a piombare sui selvaggi. "Ce n'è da fare!" predicava con l'erre moscia strascicata, ed era come se in quella frase risiedesse l'intero compimento della sua esistenza.

Si fece davvero grosso, poveretto! Ora che è vecchio e che presto gli chiuderanno la bocca con un badile di terra, già non son i figli, mai i nipoti che han preso il timone.

Sono sempre sui giornali, e hanno pensato bene di diversificare come si deve le attività, con casinò, politica e mignotte.

Per qualche anno mi invitò sempre ai suoi ricevimenti: mi accoglieva con grande amabilità, sorrideva con i suoi denti forti e gli occhi da vanesio, grandi e sproporzionatamente distanziati.

Frequentavo la buona società: gli avvocati del foro, i capitani d'industria e gli immancabili intellettuali *de la gauche* che giammai perdevano occasione di scodinzolare quando c'era da star appresso ai padroni.

Come i pedatori d'oggigiorno, donne ne ebbi in quantità, se non in qualità: femmine che si accovacciavano negli angoli dei bei salotti, che si proponevano di profittare mollemente di quel benessere, contentandosi di buon grado di quel bene materiale, della risata crassa, d'annusare l'acro sentore del potere.

Si fumava come turchi, si beveva e giocava a carte, si andava nei ristoranti del centro, insomma, si gozzovigliava; infine, si stava tutti bene...

Ecco, per un uomo del mio stampo – un ufficiale che aveva fatto la guerra, un patriota, un repubblichino, un disertore, un partigiano – la quotidianità pareva troppo meschina perché, facendo finta di nulla, me la potessi caricare come un fagotto molle sulla schiena.

***

Mi fa ancora sorridere se penso come, poco più in là, quei fantocci tristi della buona società avrebbero quasi tutti scoperto di essersi allevati in casa loro la disgrazia di un figlio sessantottino.

Avevamo combattuto e morso la polvere per che cosa?

Sei politico, scioperi e rivolte...

Era paradossale come, di là dai pochi decisi – i duri e puri che, pur detestabili, rischiarono almeno sulla propria pelle e pagarono per la velleità rivoluzionaria – e di quelli che infine rivendicavano un'identità di classe, frammisti ad essi tanti fossero semplicemente dei figli di papà. Li avremmo presto visti, di lì a pochi anni, con le giacche di *tweed* pezzate sui gomiti, sconfitti ma protervi, divenire la classe dirigente di un Paese alla deriva. *For dog does not eat dog...*[17]

Ma in fondo, che scrivo a fare? Si sa com'è andato tutto a finire.

Le amare stagioni che seguirono furono per il Paese fra le più buie. Si vissero anni foschi per le strade, come se il seme della guerra civile avesse nuovamente germinato.

[17]   Poiché cane non mangia cane.

Giornalisti, avvocati, dirigenti, professori universitari, tutti vivevano in un costante stato d'allerta.

Ogni giorno l'aria era elettrica, e all'angolo di ogni via era sempre la potenzialità di uno scoppio imminente, un pretesto per infiammarsi e scaricare la rabbia che serpeggiava nella città.

A quei tempi mi ero già fatto conservatore, senza sapere bene che cosa del resto valesse la pena conservare. Si sa, da giovane piromane, da vecchio pompiere, come diceva l'adagio.

In gioventù, ad esempio quando presi le armi per amore di patria, mi pareva che, attraverso la propria azione, un uomo potesse cambiare il corso delle cose, financo trasformare un Paese e una società.

Ancora mi commuove ricordare l'ingenuità e il fervore dei miei pochi anni, allorché mi pareva di appartenere a una collettività più grande e di poter in essa realizzare un senso più compiuto, un qualche bene superiore...

Collana di coralli

Pur non amando la mia vita, temevo la morte, la fine distante eppur incombente, lontana e vicina, tal quale le stelle del cielo. Eppure, mi sovvenivo come in guerra, esposto diariamente al pericolo, di essa non avessi punto timore.

Ricordavo bene come laggiù, in Africa, un giorno mi presi nel fianco una pallottola fischiante; allora un dolore cieco mi pervase la carne e sentii d'improvviso di non avere scampo.

Morivo mi dicevo, ma la mia bocca digrignata anelava l'aria. Mi parve che la terra rossa si sgretolasse nell'altipiano tutt'intorno, e con essa la mia memoria falcidiata.

La mente vacillava sull'orlo del precipizio, ma la percezione del dolore lancinante mi pervadeva ed io, tenacemente, vi ci aggrappavo, desiderando la vita.

Sfidando una gragnuola di colpi, un compagno mi trasse dietro un avvallamento del terreno e lì svenni, per risvegliarmi al campo, con l'odore d'argilla che ancora mi impregnava le narici.

Era il vecchio Petrangeli che mi aveva salvato, gettandosi su di me e strappandomi via dal pericolo e forse da una lunga agonia.

Il Petrangeli veniva dal Vercellese, era bracciante nelle risaie e la guerra gli faceva un baffo. Aveva fatto tutta la campagna d'Africa e non voleva saperne di tornare nelle campagne umide a lavorare alla stregua di un servo dalla mattina alla sera. Delle due l'una: farsi ammazzare o restare in Africa per sempre; oppure entrambe le cose. Anche a lui andò storta, poiché un bel giorno dopo la guerra dovette tornare a Trino a lavorare il riso.

Un pomeriggio d'estate del '72 mi venne a trovare. Era una domenica e la valle riluceva sotto il solleone.

Il Petrangeli mi aveva scritto un paio di volte nella vita civile; lo avevo anche incontrato una volta, anni addietro, quando facevo l'ingegnere a Milano e mi era venuto a cercare. Anelava un impiego lontano dal riso ed era andato a stare a San Donato, presso un cugino.

Per lungo tempo ancora ci perdemmo di vista, come succede sempre; nemmeno lo riconobbi quando il Perego mi disse che avevo una visita e mi accompagnò giù all'ingresso.

Il Petrangeli era un po' più vecchio di me, era già oltre i sessant'anni, ma era ancora un omone grande e grosso, le mani come due pale. Quando mi vide si commosse e non gli riusciva di spiccicare parola. Credo che nel vedermi gli sovvennero d'un botto i tempi della sua giovinezza, il ricordo dell'Africa fatale, della dolce guerra; forse ebbe semplicemente pietà del mio stato di paziente psichiatrico.

Passeggiammo lungamente nei vialetti del parco e poi prendemmo un Crodino al bar dello spaccio.

Mi raccontò che anche dopo la guerra si faceva la fame, che anzi a dir il vero non aveva mai mangiato bene come in Africa, sotto l'esercito del duce. Dicendolo gli occhi gli luccicarono; non vi è più dolce inganno della memoria della propria giovinezza.

Quando tornò a Trino trovò che era tutto distrutto; non aveva famiglia e dovette arrangiarsi. Soldi non ce n'erano neanche a morire, terre non ne avevano mai possedute e non si viveva più del lavoro nei campi dei padroni. Siccome sotto la naja aveva un po' imparato anche a sbrigarsela in officina, si adoprò lavoricchiando come meccanico, riparando macchinari agricoli. In una decina d'anni era riuscito a mettere su un'officina sua, si era ingrandito, anche coi soldi della banca, e arrivò a dar anche lavoro a tre garzoni.

Ad un certo punto del suo racconto chinò il capo e mi disse che, malauguratamente, dopo qualche tempo gli affari avevano preso ad andare a rotoli e i creditori e la banca si erano presto ripresi quel po' che era rimasto attaccato all'osso.

Negli anni Sessanta era andato a Milano ad "ingrassare i padroni e ingrossare il proletariato urbano," mi diceva. Notai come avesse presumibilmente preso in prestito le parole dal figlio, che aveva fatto le serali e aveva un buon posto nel sindacato.

Aveva avuto un bambino da una compaesana che era via serva a Torino e che l'estate, quando i padroni soggiornavano al mare, tornava al paese a visitare i genitori. La ragazza però perì di parto e il bambino lo dovette dare all'Albergo dei Poveri, siccome non c'era come tirarlo su altrimenti.

Quando le cose si sistemarono un po', il Pietrangeli si riprese il piccolo e l'allevò meglio che poté.

Ricordo che mi diceva come fosse preoccupato dell'aria che tirava in città, come si avvertisse imminente uno scontro feroce, il cozzare di un odio cieco.

Mi diceva che io qua ero come su un isolotto in mezzo allo stagno, ma là fuori le cose stavano cambiando. Il Pietrangeli, lui lavorava in fabbrica, diceva, ma io ero ingegnere e dovevo certo capirle al volo queste cose.

Mi chiedeva cosa fare, a me, che ero matto!

Lui entrava in fabbrica alle sette e usciva alle sei e produceva, vivendo del frutto del proprio lavoro; io qui mi alzavo alle sette e mezza e mi coricavo alle dieci, e non facevo niente da mattina a sera.

Mi pareva che stesse meglio lui adesso, e rispetto a quando faceva la fame nelle risaie, ora che aveva una macchina e un salario, e poteva andarsene in giro la domenica, libero.

Mi pareva la sua una bella vita, ma che ne sapevo io?

Il Pietrangeli mi diceva che la città era una prigione per i lavoratori e il benessere era per pochi. Gli dissi che mi ricordavo bene di quando lavoravo anch'io, ma lui mi diceva che era diverso, che avevo una laurea, che stavo da quell'altra parte.

A me pareva che fosse così, che tutti stessero ai loro posti allora, e che l'Italia crescesse, laddove si costruivano strade e scuole dal nulla, emergendo dalla miseria, dalle macerie. Ma chi ero io per giudicare, che nemmeno seppi profittare dei frutti dell'intelletto, del lavoro, dei vani progetti?

Quando il Pietrangeli mi serrò la mano nella sua e si congedò, il sole era basso e le montagne rosseggiavano oltre il cornicione dell'ospedale.

Mi scrisse ancora qualche volta negli anni seguenti, mi confidava che il figlio aveva avuto problemi con la giustizia, che lo avevano trovato con delle armi in casa.

Provai anche a chiamarlo tempo fa, poiché non aveva più comunicato notizie. Nessuno rispondeva mai all'altro capo del telefono e si udiva sempre e solo il trillare sinistro della linea della Sip: "*tut-tut-tut-tut.*"

Quando scruto il cielo, a volte, mi ricordo del Pietrangeli, di quando mi trasse in salvo in terra d'Africa, e mi ricordo del cielo d'Africa, che è poi lo stesso cielo che ci cinge tutti quanti ancora oggi.

Era un cielo arancio di venature vermiglie, odoroso di terra argillosa, che ci sovrastava maestoso e accomunava noi poveri soldati alla poderosa natura, alle vaste spianate, alle colline lontane, che sembravano salutarci con benevolenza, invitandoci sulle loro dolci pendici, rassicuranti come il grembo di una madre.

La sera, l'odore intenso delle nostre uniformi sudicie di battaglia e sudore si impregnava del sentore dell'Africa, degli eucalipti centenari e delle acacie, della natura onnipossente che finalmente riprendeva a respirare, allorché l'opprimente calura del giorno ripiegava all'incedere del crepuscolo.

Pur nella nostra miserevole quotidianità di soldati, quando levavamo gli occhi al cielo d'Africa, ci sentivamo pervasi da un sollievo atavico, da un vago senso di libertà, ancorché perduta.

Non ci sovvenivano le ragioni della guerra che ci sospinse laggiù, non comprendendo bene quale ghiribizzo del fato vi ci avesse potuto catapultare, a combatter per una causa persa o, peggio ancora, obliata. So solo che non fummo mai più intimamente felici come laggiù, nelle sere sotto il cielo d'Africa, quando il giorno di guerra era passato e sentivamo in petto la vita che pulsava, la giovane vita che ancora agognava sé stessa, struggendosi sotto la ragnatela di stelle nella notte nera di pece.

***

Mi ricordo come se l'avessi ancora innanzi agli occhi la notte che morì il caporale Bazzi. Era un convalligiano, un contadino grande e grosso, un giovanotto di diciannove anni che era appena stato arruolato nel mio reparto come carrista.

Una mattina che eravamo in perlustrazione cademmo in un'imboscata e dovemmo riparare in una macchia di boscaglia, nei pressi del fiume T. Gli indigeni ci accerchiarono presto e, prima che riuscissimo finalmente ad aprirci un varco e assicurarci una via d'uscita, fummo a lungo bersaglio di una pioggia di fuoco. Il Bazzi fu ferito e riuscimmo appena a caricarlo sul carro, assieme ad un altro pugno di commilitoni.

Al calar della sera era chiaro che versava in gravi condizioni; aveva perso molto sangue e il medico che l'aveva operato disperava di poterlo salvare.

Il Bazzi era sotto morfina e tutta la notte aveva alternato momenti di lucidità e stordimento.

Al limitare dell'alba mi fece chiamare. Mi guardava con gli occhi fuori dalle orbite, il viso di un biancore cinereo. Parlando a fatica mi disse che non ce l'avrebbe fatta, che non avrebbe più rivisto le montagne e le care rive abduane.

Le mani imploranti mi fecero un cenno a che mi accostassi; mi parve volesse confidarmi un pensiero o un ultimo messaggio. Porsi il capo e tesi l'orecchio al morente, le sue labbra si mossero impercettibilmente. Il Bazzi esalò un faticoso respiro, e poi un altro, ma il fiato, o le umane parole, non vennero a lui. Mi guardò profondamente, con gli occhi di chi parte. Non avrebbe più rivisto i profili maestosi delle Alpi natie, i dossi scoscesi, i fossi lungo il fiume sinuoso.

In quel mentre anche a me, che pur restavo, sovvennero alla stanca memoria i nostri paesaggi obliati, che davanti gli occhi ripresero d'improvviso le loro sembianze antiche. Una morsa mi prese in petto, in un punto indefinito e inarrivabile.

Mi figurai le montagne, nereggianti all'imbrunire, dominare la valle dall'alto delle loro rocce e dei ghiacci perenni, come sempre le vidi nella perduta infanzia. Rividi il fiume antico e perduto recare a valle le sue acque sempre uguali, verdastre e indifferenti.

Mi dissi che era proprio così che doveva essere. Che importava se le spoglie del Bazzi giacevano allora nella rossa terra d'Africa, o che un giorno lontano le mie si sarebbero forse ricongiunte alla bruna terra materna? In fondo vivevamo, in pace come in guerra, senza comprendere dove tendessero le nostre peregrinazioni e i nostri miserevoli rovelli. Un dolore sordo ci accomunava, come il filo

sottile che, trafiggendoli da parte a parte, tiene
uniti variegati coralli.

"Casa Famiglia" e certificato d'idoneità

"There are worse things
than being alone
but it often takes
decades to realize this
and most often when you do
it's too late
and there's nothing worse
than too late"

Charles Bukowski, "Oh Yes."

**

Mi ricordo ancora bene di quando fui assegnato al programma di riabilitazione e trasferito in appartamento. Mi avevano inserito fra i primi nel benemerito programma "Casa Famiglia."

I padiglioni dell'ospedale sarebbero stati svuotati nel corso di qualche mese, all'infuori dell'unità di lunga degenza, che avrebbe ospitato le anime del girone più lugubre.

Non era esattamente come traslocare, nel senso di spostarsi da un luogo all'altro, in seguito alla ricerca di una dimora più accogliente, di un lavoro in una nuova città, o in corrispondenza di quegli eventi che accadono a volte nella vita di un uomo e richiedono spazi più ampi e offrono nuovi orizzonti.

Raccogliendo i miei effetti personali e gli abiti usitati, provai lo stesso straniamento di un soldato che cambia caserma, la medesima abulica indifferenza.

Mi avevano messo in casa con due pazienti anziani, il Perboni e il Gambassini, affetti da manie depressive, che per lo più se ne stavano tranquilli nelle loro camerette. Credo avessero imparato con gli anni a convivere con i loro fantasmi: con l'abitudine alla malattia doveva essere sopravvenuta una disabitudine alla vita, un inesorabile oblio di quelle aspirazioni che un uomo, pur malato, sempre tende a serbare lungamente nel gorgo del proprio essere.

Eravamo visitati ogni giorno, ma considerati abili ad accudire alla pulizia della casa e delle nostre persone. In fondo in fondo, sebbene dotati di tutto un armamentario di farmaci neurolettici ed affini, stavamo proprio benone.

Poiché all'ospedale le alte mura cingevano i nostro spazio recluso, la città per noi era sempre rimasta un'entità intimamente distante e ciò che fluiva dentro di essa non bagnava mai le nostre rive dimenticate. Al contrario, dimorare in una palazzina, avere un balcone, la finestra della camera che dava su una strada, tutto questo ci esponeva ancora una volta all'andirivieni della quotidianità — ai detriti del mondo.

Passavo interi pomeriggi osservando i passanti, muti come comparse del cinema, traversare sulle strisce, entrare dal fiorista all'angolo o fermarsi a prendere il giornale dal chiosco di fronte. Mi chiedevo che cosa muovesse quegli uomini e quelle donne, così uguali a sé stessi, così irrimediabilmente mondani. La mia malattia, in fondo, era anche la loro, se non fosse che questi avevano l'aria di non badarci affatto, immersi come erano in un vacuo spazio che doveva, anche ad essi, a malapena permette il respiro.

Eppure, anche per me alla lunga un cambiamento si produsse.

Sempre più di rado sussultavo, ad esempio nella notte, se un guaito mi destava, o un pensiero oscuro mi pervadeva lo spazio angusto della mente.

Di giorno, notavo che ero sempre meno soggetto a quel familiare aggrovigliarsi di nervi, all'involontaria reazione a eventi insignificanti – come un commento saccente del farmacista, il rimbrotto distratto di un passante, uno sguardo malcelato dell'uomo della strada – che per tanti anni mi avevano scosso le membra.

Ben presto persi l'interesse a tenere il mio diario, ad annotare i tempestosi pensieri, che del resto parevano aver sedimentato. Un'apatia singolare mi pervadeva, come un refolo di vento tiepido e quiescente. Un senso d'irrimediabilità mi era come disceso sul capo, e sentivo di sprofondare, tal quale un fiume del Carso. Le acque, che pur continuavano a erodere le rive oscure nell'intimità del mio essere, erano sparite alla vista; in superficie dovevo ben apparire sulla via della guarigione.

Anche i medici infine dovettero convenire che ero ormai pronto per un bel certificato d'idoneità: nella casella dei pazienti guariti finalmente avrebbero annotato un bell'uno.

Guardavo ormai con apparente distacco agli anni della mia vita, e mi sentivo cavo come un tronco scavato dagli inverni. Compresi come il tempo non aveva per niente lavorato la malattia ai fianchi, non aveva offerto una cura o favorito una qualche guarigione: semplicemente aveva prodotto l'effetto di un anestetico, intorpidendo la percezione stessa del dolore.

I tempi dell'infanzia erano ormai completamente annullati dal mio ricordo ed era come se non fossero mai davvero esistiti. La prima giovane esperienza era anch'essa obliterata: troppo fosca, come se uno si sforzasse di guardarla traverso una lente opaca.

Della guerra portavo le ferite, e quelle cicatrici più di tutto mi erano care: avevano il dono intrinseco della fisicità e della visibilità e toccarle con mano era per me fonte di sollievo. Tutto il resto era un budello nero che aveva risucchiato i miei giorni vani.

Ma ero vivo e il mio corpo ancora esigeva tre pasti al giorni e riposo alternato alla veglia; non valeva porsi altre domande, mi ero ormai seduto lungo il fiume, rassegnato nell'attesa di scorgere il mio corpo trascinato stancamente della corrente.

Un bel giorno il primario, Dott. S., mi convocò per comunicarmi che, in base alla relazione del medico curante, ero ormai pronto per reinserirmi nel tessuto attivo della società.

Il primario era un uomo di taglia minuta ma dall'aspetto nerboruto, e quando parlava agitava le dita delle mani in una sorta di fremito impaziente e continuo.

Mi accolse nel suo studio e mi guardò con occhi buoni. Prese a discorrere circa l'evoluzione della malattia, e di come certi neurotrasmettitori di cui ancora non si conosceva bene il comportamento, erano sempre responsabili di molti di quei tipi di disturbi che genericamente vanno sotto il termine di malattia psichiatrica. Anche i fenomeni depressivi, diceva, avevano origine fisiologica, sebbene tanta parte del loro aggravio derivasse senza ombra di dubbio dall'ambiente circostante.

Come il Tonio innumerevoli anni addietro, anche il primario mi esortava ad avviarmi al ristabilimento del mio ordine interiore. Mi diceva che, anche in considerazione del mio livello culturale, avrei ben dovuto essere equipaggiato per affrontare il compito che mi era assegnato, rientrando nei ranghi degli uomini sani, offrendo il miglior contributo alla causa dell'umanità. Si rammaricava di come solo così tardi mi apprestassi a ripartire a piè spinto, ma trovò il modo di incoraggiarmi con parole miti scandite con dolcezza. Insomma, egli aveva per me grandi progetti, e il suo sguardo si posava su di me carico di grande aspettativa. Sorrideva, rassicurandomi che, pur non potendo aspettarsi una guarigione dalla notte alla mattina, la mia soglia di tollerabilità del male era ormai significativamente cresciuta.

Per me ora avrebbe scritto una bella lettera di raccomandazione, consegnandola di persona direttamente al direttore della Provincia e avrei presto potuto riprendere a lavorare. Il mondo dei sani riapriva dunque le sue muscolose braccia; un brivido mi percorse ed io lo presi per un sintomo di adolescenziale eccitazione.

Il primario aggiornò la mia cartella, tossicchiò nervosamente e si levò in piedi con viso sorridente. Mi strinse la mano e proferì un augurio sincero.

Scesi due rampe di scale per raggiungere il pianterreno e i miei passi risuonavano leggeri nell'aria rafferma. Presi l'uscita ed il portone dell'ospedale si richiuse dietro di me con un tonfo sordo, definitivo e sinistro.

Trassi un respiro profondo e, nel tempo di esalare quello stesso sospiro e restituirlo al mondo, nel fondo del mio essere muto e senza tempo, percepii quanto lunga era ancora la mia notte.

PARTE TERZA

"It is finished!" said someone near him.

He heard these words and repeated them in his soul.

"Death is finished," he said to himself. "It is no more!"

He drew in a breath, stopped in the midst of a sigh, stretched out, and died.

Lev Tolstoj, "The Death of Ivan Ilyich"

Brutti ceffi da comizio

Li ho visti al comizio l'altro giorno, e li vedo sempre in televisione che fanno campagna elettorale. Che ceffi, che poco di buono. Sti neri, che facce! Sono brutti e incattiviti, come quelli là, ai tempi delle squadracce.

No, la memoria è fugace, ma non m'inganna.

Quando sono in casa da solo, con le tapparelle abbassate, mi metto davanti al televisore, spengo il volume e li osservo per bene.

Tutti quanti, son tutti uguali.

Le bocche si muovono come delle meduse, senza peso. Gli uomini hanno generalmente visi imbellettati che paiono deformarsi; molti si camuffano con dei parrucchini o col riportino; han visi impomatati, han labbra livide e vermiglie. Le donne hanno la pelle tirata come il sedere di un mulo, i labbroni son generalmente rigonfi: il lavoro del chirurgo estetico pare prenderti a pugni dallo schermo.

Un supposto giornalista porge sempre loro il microfono, tendendo il braccio con malcelata servilità.

Il politico si è evoluto e messo al passo con i tempi: ha fatto un corso a Cinecittà, l'occhio cerca la telecamera con voluttà. Non conosce le lingue, non capisce la materia, ma parla, parla, parla...

Parole vuote, parole mortificate, parole violentate.

Mi vengono a noia questi intollerabili parassiti che ammorbano l'aria e si credono dei gran bellimbusti, al governo come all'opposizione. Sì, perché quegli altri che gli danno contro son quasi messi anche peggio. Fanno il codazzo a fenomeni esperti solo di cinema e di cose americane, parlano tutto contorto e arzigogolato. Sorridono, s'indignano, fanno i gran bonaccioni e si prostrano in larghi e misurati inchini. Siccome non parlano ormai più la stessa lingua, la gente ovviamente non li capisce, e attonita si chiede cosa ci sia esattamente da sorridere o da essere buoni.

Fanno ridere, ma in fondo tutto questo incute una paura sorda.

Mi dico che sono solo un sopravvissuto e che ormai più non importa. Quando verrà finalmente la mia ora e sarò sotto due metri di terra, anche questo non avrà più la minima importanza. Eppure, per ora sono ancora vivo e il cuore ancora mi batte in petto con una commovente forza leonina.

Mi chiedo che cosa combattemmo a fare, laggiù nelle scellerate campagne in desolate terre, nel miserevole impero, al fronte e sulle montagne? Addirittura sparandoci tra di noi! Il Lupo, il Tonio, il Bigio, e tutti quanti: comunisti, socialisti, democristiani, repubblichini... Poveri diavoli, accecati dalla fame e dall'ideologia. Ci sparavamo per un pugno di polvere, ci rotolavamo nel fango per salvare la pelle e rifare l'Italia, c'illudevamo che tutto ciò fosse necessario per l'avvenire dei nostri figli.

Tutto ciò non mi fa bene: mi sale dentro un'agra e malsana voglia di bestemmiare, il respiro si fa un po' fiacco e il cuore si fa stanco, trascinandosi come un motore bolso.

Fortuna che alle tre arriva la Nastassja, viene a fare i mestieri e a darmi un occhio.

È una bella ucraina di trentacinque anni, bionda e forte, come una russa, come un'operaia rossa. Ha due seni ancora rotondi e floridi, le spalle sode. Mi sorride e mi dice che sono un vecchio sporcaccione. Parla un italiano sicuro, arrotato e gioviale. Ha due bambini ancora piccoli che stanno coi nonni in Ucraina e a volte mi fa una gran tenerezza, come tutti quelli che han bisogno e si danno da fare.

Mi guarda con occhi chiari di rimprovero quando spegne la maledetta televisione e mi dice che è ora che mi accompagni a passeggio. Tiro su le mie quattr'ossa, m'infilo una camicia fresca, mi do una bella pettinata e ce ne usciamo. Lei mi tiene a braccetto, come una figlia. Che vergogna farmi vedere in giro con quella bionda! Anche solo vent'anni fa ne sarei ancora stato lieto; ma oggi, che sono proprio un vecchio derelitto!

Son sempre di meno i vecchi sulle panchine: ai giardinetti ciondolano tipi di tutte le razze, fannulloni o peggio.

L'altro giorno han preso uno spacciatore e lo han portato via; domani è già fuori; vengono qui perché è il paradiso dei delinquenti; lo dicevano anche in televisione, e quei ruffiani che scrivono sui giornali.

Il Malachia, un anziano meridionale che se ne sta a volte a farmi compagnia a crogiolarsi al sole sulla panchina, un giorno prese a dar loro corda e rinfocolare la solita tiritera. "È così caro il mio Zeno," mi diceva prendendomi fraternamente per il gomito. "Bisogna fare piazza pulita di 'sti immigrati, 'sti comunisti, 'sti mangiapane a tradimento," sentenziava, mentre con l'altra mano rinsecchita tastava il capo del bastone.

Il Malachia fu sempre mezzo invalido, non aveva mai pagato contributi e campava della pensione sociale. Mi guardava coi suoi occhietti azzurri e foschi di cataratta.

"Occhio Malachia," gli dicevo io bonariamente, "che fra poco hai proprio da aggrapparti al manganello."

"Ma ti pare possibile che al giorno d'oggi," mi diceva col mento tremante di disappunto, "non si lascia fare impresa, non si premia chi lavora, chi produce?"

In cuor suo si riferiva certamente al genero, che faceva lo straccivendolo ai mercati, vendendo, senza mai rilasciare scontrino, vestiti cuciti da immigrati irregolari cinesi negli scantinati del proprio laboratorio.

Tossicchiava sconsolato..."La meritocrazia caro mio, la meritocrazia..."

Dalla piazzetta accanto si udiva il ronzio di un rosario di parole trite e ritrite, un comizio elettorale, la litania di frasi che correvano dietro i gesti imbonitori di piazzisti consumati. Il popolo spernacchiato annuiva bovinamente, tal quale il povero Malachia. Un grido si levava: "Libertà, libertà, libertà..." e poi una musica corroborante si spandeva nell'aria, cullando il sonno degli popolo sovrano.

Mah, chissà... Li guardo, questi energumeni che se ne stanno sul palco, vestiti di abiti di sartoria e camicie inamidate, che sui manifesti elettorali ridono compiaciuti e soddisfatti di sé, scoprendo denti bianchi e affilati. Si son mangiati il Paese, del resto non sono mica sbarcati dalla luna; a guardarli bene sono uguali a noi, al popolo che li ha nutriti come una serpe in seno.

Il Malachia non è uno sciocco in fondo; va solo dietro l'onda, non ha mica tutti i torti.

Questi o quegli altri, non c'è alcuna differenza, son tutti filati dallo stesso arcolaio. Sono in politica per coprirsi le spalle e far affari, mettere a libro paga i figli—anche loro senza arte né parte, ma che sono sacri, sono un dono del Signore— e le mogli con la *lingerie* di pizzo, le amanti senza mutande, i cugini vicini e lontani, gli amici, i compagni di merenda, i soci d'affari e tutti i loro compari.

A tutti i livelli si arraffava. A Roma ministri, sottosegretari, senatori e deputati; in regione quelli della regione; in provincia quelli della provincia; in comune, giustamente, anche quelli del comune, nel loro piccolo, si arrangiavano. Del resto, le liste dei partiti son chiuse e blindate, dentro l'urna il consenso è garantito. Nerone aveva fatto senatore il proprio cavallo, e allora? Oggi da noi si piglia l'ultimo dei babbei, gli s'infila una camicia di batista, gli si appiccica il grugno su un manifesto elettorale, proprio sotto lo stemma, e lo si issa sulla poltrona, con regolare bollo e vidimazione elettorale. Ma tutta questa intollerabile stupidità è sommamente e utile a chi sta dietro le quinte, poiché questi non è mai uno sciocco, sa esattamente come e quando colpire.

L'Italia già nel volgere di pochi anni si era imbastardita, mettendo in moto un circolo vizioso che si autoalimentava senza fine.

Maledetto comizio! L'odore di mafia esalava tutt'intorno...

Ricordo bene come ancora fino ad appena dopo la nostra guerra, la mafia rimaneva una forma di criminalità localizzata, radicata e rispettosa del codice d'onore delle campagne borboniche. Prese ad incattivirsi con l'immissione dei picciotti italoamericani, che gli alleati si erano portati appresso per preparare il terreno allo sbarco. Ne avevo conosciuto pure io di quelli, lo sapevamo tutti noi ufficiali. Eppure, anche i traffici di droga e tutte le altre barbarie non erano che una faccia della mafia, e nemmeno la più pericolosa. Non si trovavano queste cose sul giornale, non si sentivano nei telegiornali, ove solo si doveva compiacere questo o quello, prostituendosi nelle variegate vesti di editori, giornalisti, redattori, parolai. Oggi la mafia non era più coppola e lupara, ma vestiva la camicia bianca e la cravatta griffata: era composta dell'avvocato, dal commercialista, dal politico, dall'affarista, e spesso non era punto necessario che ci fosse nemmeno il delinquente...

Il comizio, dicevo, d'un tratto è bello e finito, il Malachia se la ride soddisfatto e lancia occhiate a destra e a manca, mal celando una serafica soddisfazione. Saremmo infine crepati serenamente tutti e due, nel nostro Belpaese, da uomini liberi e democratici.

Un refolo di vento si levò da dietro le fronde verdastre e, nello spicchio di cielo che si intravvedeva fra le palazzine ingrigite, dardeggiavano chiazze di nubi dai riflessi purpurei.

Che fare? Quando cala la sera e io mi tiro su dalla panchina, mi pare già di vestire abiti di morto; mi sento così inutile e fuori di posto che mi lascerei rotolare sull'acciottolato ad aspettare che le tenebre mi si richiudano sopra il capo.

In campagna con gli ucraini

Fortuna che di quando in quando la Nastassja mi porta a vedere le vetrine in Corso C., lì sì che ci si svaga un po'. Lei guarda le borse e i vestiti, io adocchio le commesse e mi dimentico che sono solo un povero vecchio che ha fatto la guerra.

Le ragazze sono per lo più straniere, hanno occhi vispi e speranzosi, le mani sempre in movimento. Entriamo in negozi di scarpe che odorano di plastica e sudore, le commesse si affaccendano come api intorno a noi, sorridono tanto che mi pare anche a me serva un bel paio di scarpe scamosciate o dei mocassini. Con la Nastassja si gira e rigira, ma non si compra mai niente, altrimenti come fa lei a mandare cinque o seicento euro al mese in Ucraina ai suoi che sono a casa coi bambini? Le chiedo se non abbiano più bisogno della madre piuttosto, ma lei scuote sicura la testa, mi dice che in Ucraina si sta male, che là in campagna non c'è niente, che bisogna venir via. Poi fa segno di sì — solleva il capo impercettibilmente, e i suoi capelli intrecciati riverberano, biondi come le spighe delle vaste distese di grano del suo Paese, nelle pianure senza fine che cantavano Gogol e Chekhov — e mi rassicura che qui in Italia ci sono possibilità, che c'è per lei un futuro.

Mi guardo attorno desolato, come quella volta che eravamo in treno e la Nastassja andava a trovare degli altri ucraini che vivevano in Veneto.

Erano degli anni che non mettevo fuori la testa dalla città. In un tempo non ancora molto lontano, le periferie delle città erano ancora quasi un mondo agreste e la vera campagna cominciava distendersi appena fuori di esse: un poco oltre già vi erano solo stalle e campi coltivati. Se prendevi il treno o la macchina, uscendo da una città, anche da quelle grandi, ancora potevi percepire il mutare ancestrale delle stagioni, dentro di te e tutt'intorno: il verdeggiare umido della primavera sotto limpidi stracci di cielo grigio e azzurro, l'odore del fieno nell'estate placida correre nell'aria benigna della sera, il frizzante stropicciare delle foglie nella brezza autunnale, e finanche la neve — bianca perdinci — luccicare al timido sole d'inverno...

Anche nel tempo in cui vi erano già autostrade e cavalcavia tutt'intorno, e sferraglianti stazioni ferroviarie e ingombranti magazzini sbucavano fuori dalla città, questo mondo non ancora completamente postindustriale ancora non ti divorava la carne in petto.

Ti potevi ancora fermare in tutta tranquillità a dissetarti da una fontana, o ad orinare ai bordi della statale o della tangenziale, potevi mangiare in una trattoria, che era ognuna diversa da quell'altra. Andavi nella provincia accanto e ti rendevi conto che eri in un'altra, diversa dalla tua, e il tizio che incrociavi alla pompa di benzina sentiva anch'egli che venivi da quell'altra provincia, da quell'altra città. Per lo più ci si sorrideva ancora e ci si scambiava una battuta, e non avevi sempre il sospetto che ti si volesse tirare per la giacchetta e profittarsi di te, o peggio ancora...

Te ne entravi ancora tranquillamente in un negozio e prendevi quel che ti serviva, non eri spintonato a destra e a manca o importunato tutte le volte con innumerevoli mezzucci e variegati stratagemmi per cavarti un maledetto soldo di tasca.

La società e l'ambiente si erano ferocemente trasformati, e forse ne avevo una nozione ancora più dolorosa perché mi ero nel frattempo fatto vecchio e, con le energie di un tempo belle e perdute, tutto questo già era un mondo che non mi apparteneva più.

Prendemmo dunque io e la Nastassja il treno alla Stazione Centrale, che nella calura del pomeriggio agostano era deserta, se non per qualche sparuto turista e dei capannelli di immigrati che ciondolavano qua e là.

Non avevo mai fatto caso come la città fosse diventata sporca, ma quando il treno si mise in moto vedevo bene che una patina opaca l'aveva avvolta, succhiandone la linfa come un'edera velenosa. I palazzi erano grigi e coperti di polvere vecchia, l'aria ammorbata dall'inquinamento; nella calura dello scompartimento si respirava a fatica e anche i sedili erano sporchi e consunti.

La città si era distesa a dismisura, e pareva non finire mai. L'edilizia abitativa si era infine presa tutta la campagna *d'antan*, le fabbriche e i laboratori avevano davvero chiuso i battenti; quel che restava era una periferia desolata e cementificata, una distesa arida e disseccata.

All'imbocco dei raccordi e lungo le autostrade erano cresciuti come funghi degli immensi centri commerciali e i capannoni di società di trasporto. Con un ginepraio di nomi polacchi, moldavi, bulgari o rumeni scritti di lato, c'era un viavai di camion, che dovevano portare di qua beni prodotti per di là.

La campagna era ridotta a una consunta lingua di terra fra le periferie di città e centri urbani, come un lago che si fosse ritirato e prosciugato nell'inesorabile procedere del tempo, nell'immane incedere cadenzato del progresso.

Sarà stato perché andava a visitare gente amica, ma alla Nastassja sembrava tutto bello ciò che le si dipanava innanzi, quando guardava dal finestrino coi suoi occhi attenti e speranzosi di operaia ucraina. Mi guardava e mi chiedeva perché fossi sempre di umore cattivo. "Cara la mia Nastassja," le dicevo dolcemente, lasciando la frase a metà. Non mi pareva giusto soffocarle l'entusiasmo con l'agro rimbrotto di un vecchio e i suoi penosi ricordi.

Arrivati alla stazione, una coppia di ucraini ci caricò su un furgoncino, alla volta di un casolare, nel borgo polveroso ai limiti di un paesotto tronfio e sonnolento.

Nella placida sera ce ne stavamo seduti in una bella tavolata al fresco della veranda; gli ucraini vociavano allegramente e si rivolgevano a me solo di quando in quando, con fare rispettoso e premurandosi di riempirmi il bicchiere di prosecco.

Erano cugini e amici, e amici di altri connazionali. Amici, che poi voleva dire conoscenti, compatrioti in suolo straniero, legati da quel vincolo di terra madre, di lingua, abitudini, ricordi e comuni sospiri.

Che voleva ancora dire oggi questa fraterna parola per noi? Per quel che mi pareva, voleva dire compari, compagni di merenda, commensali o galoppini. Non parlo per me, che quando si è vecchi come sono io, gli amici son tutti all'altro mondo. Che amici potevo ormai avere? Il Malachia, che brandisce la copia de "Il Giornale" agitandola come fosse un manganello? O i compagni di malattia, i malati con cui avevo intrecciato l'esistenza amara del manicomio? No. Parlo degli italiani, quelli che vedo in giro, che mi guardano con condiscendenza, compatendo la mia vecchiezza e la ristrettezza di vedute.

Gli ucraini, manovali e braccianti, badanti e infermieri, magari con una bella laurea in saccoccia, mi accoglievano tra loro senza impacci. Mi guardavano con rispetto, non dissimilmente da come noi guardavamo i nostri padri. Michail sapeva che avevo fatto la guerra, come suo nonno. Mi guardava con occhi chiari, con gli occhi buoni dell'emigrante. Mi chiedeva come andava. "Come vuoi che vada, caro mio?" gli rispondevo d'acchito. "Tutto va a catafascio." Michail non capiva cosa volessi dire e io non sapevo come si traducesse in ucraino, pur sospettando come la parola non potesse certo mancare nell'antica lingua slava. "Va tutto a puttane, capisci?" Lo svelto ucraino rideva divertito. "Capito. Capito!" mi diceva, e con amabile solerzia mi versava ancora tre dita di bianco.

Li guardavo, questi uomini e queste donne, e mi ricordavo di com'eravamo noi, prima che i nostri figli e, più ancora, i nostri nipoti si riducessero così, a mettersi le mutande di marca e gli occhiali tutti uguali della pubblicità.

Ci si vestiva alla maniera rozza contadina e, anche in città, l'operaio e lo studente non si curava che gli abiti fossero rattoppati o lisi, ciò che contava è che fossero puliti e ben stirati. Si camminava con dignità d'animo, ci si guardava negli occhi, senza impettirsi come questi quattro effeminati, o gli impasticcati che vedo ai giardinetti, o queste *bagascie*[18] che mostrano i deretani a destra e a manca come fossero al postribolo.

_____

[18] Sgualdrine, donne di strada.

Michail mi capisce al volo, vede che mi piacciono i suoi modi dabbene. Mangiamo pane e salame, e formaggio di Asiago, e nella calda sera mi pare di rivedere noi stessi, come eravamo: un popolo fiero in movimento, sognando l'avvenire.

Mi dicono che stanno bene in Italia, che riescono a mettere via un po' di soldi; ma la loro non è grettezza, è bisogno e desiderio di progredire verso il benessere.

Per noi, quel che ora ci muove, non so bene cosa sia, ma mi pare una bestia oscura e viziosa, incontentabile.

Michail mi racconta che però, nel vicinato, dei rumeni li han presi di mira quelli delle ronde; han fatto a botte l'altra sera. "Ronde?" mi chiedo fra me e me, e mi ricordo dei miei tempi. Mi dicono che adesso ci sono le camicie verdi. "Verdi? Son diventati verdi adesso, questi miserabili!"

Mi spiegano che il governo fa leggi per intralciare l'immigrazione. Certo, si diceva che tanti che venivano da noi dall'est lo facevano precisamente perché erano delinquenti; chi aveva voglia di lavorare, si diceva, andava in Germania. Chissà!

La verità è che, oltre ai tanti poveri diavoli che si adopravano a sbarcare il lunario e che in fondo avevano anche molto da insegnarci, ci attiravamo pure i detriti peggiori di tutti i popoli balcanici: degli albanesi, dei kosovari, dei bosniaci, dei macedoni, dei serbi, e oltre, dei rumeni, dei moldavi... Venivano da terre in cui si faceva ancora la guardia al gregge di pecore imbracciando un kalashnikov, in cui si lavavano le offese nel sangue, ove ancora l'onta di un tradimento esigeva un'inesorabile e terribile vendetta.

I politici grufolavano in questo immondezzaio dell'anima, e ogni efferato delitto era manna per la loro retorica populista.

A me, che non ero né di destra né di sinistra e, per l'amor del cielo, nemmeno di centro, questi politici pareva che fossero tutti uguali. Quelli al governo, dei cani, e quelli all'opposizione, se possibile, anche peggio. Che opposizione era mai quella delle barche a vela? Ci si dinoccolava e tirava a campare, aggrappati allo scranno delle istituzioni, a far distinguo e bizantineggiare, ma poi, sotto sotto, ci si radunava a banchettare alla stessa tavola imbandita. Intere famiglie campavano esclusivamente di politica e pubblica amministrazione: in ogni pertugio retribuito, alle spalle del popolo italiano, si infilavano mogli, nipoti, parenti, e poi amanti e sgualdrine, che a ben vedere pure erano famiglia, nelle concezione più estesa.

Per me tutti uguali erano, e forse era proprio quel che ci meritavamo. Si doveva sbattere per terra, non c'era altra possibilità! E questi bellimbusti dal fiato agro acceleravano la nostra caduta, scaraventandoci a capofitto verso l'abisso.

Un giorno, chissà, dalla voragine del nulla, forse una nuova generazione sarebbe venuta su, facendosi largo tra le macerie, come avevamo fatto noi, poveri cristi, e i nostri padri prima ancora. Eppure, queste saranno macerie nuove, invisibili, mai conosciute innanzi, cui riuscirà forse impossibile aggrapparsi o farvi leva per rimettersi in piedi.

"Adesso non ci lasciano nemmeno più sposare," diceva l'amica di Vasilij, tenendo in grembo un pupetto biondo. L'altro figlioletto, che avrà avuto un dieci anni, se ne stava in disparte a leggere un libro su un muricciolo. Con un cenno del mento la madre lo indicò e disse tutta inorgoglita che il ragazzino parlava quasi solo in italiano. A scuola erano sbalorditi della sua precocità: aveva un vocabolario già da studente di ginnasio. "Molto male," pensai. "Il piccolo crescerà senza dubbio incompreso," dissi fra me e me, per non deludere la poveretta.

"Fortuna che è biondo...eh Andrea?" Andriy faceva finta di niente e continuava a leggere. "I figli dei vicini li prendono in giro a scuola. Sai, sono di Africa..." aggiunse la madre con un sospiro.

Pareva che a nessuno piacessero proprio questi poveri diavoli, gli africani e tutti quelli come loro, con le mani nere e callose, e odore di sudore acre, come di cuoio, sui bus straripanti. A noi non piacevano punto i poveracci, gli straccioni, i deboli. Non volevamo più sentirne di valigie di cartone e di tirar la cinghia. La televisione ci propinava ciò che amavamo di più, o ce lo suggeriva: erano le forme prosperose delle presentatrici discinte, i muscoli lucidati dei calciatori, i pettegolezzi bavosi di bassa lega.

Andriy faceva buon profitto a scuola, estendendo il proprio vocabolario, apprendendo parole nuove e dimenticate, precisamente quelle che noi italiani ci adopravamo a svuotare di significato, ripetute com'erano, fino alla nausea, da servi sciocchi o interessati.

Dicevano che Andriy la sera si incaponisse sui libri: leggeva e scriveva, coniugava verbi e ne concordava i tempi come ormai fan solo all'Accademia della Crusca. Era proprio per questo che parlava come uno straniero: tradito dalle stesse forme precisamente corrette, alla conoscenza delle quali oggi nessuno più attribuiva alcun valore.

"E l'ucraino lo parla?" chiesi alla madre. "Lo sa, lo sa bene, ma parlarlo non vuole più parlarlo."

Andriy ci lanciò un'occhiata di sbieco, sbuffando fra sé. "Dice che non ci serve più," riprese la donna, "che ci dobbiamo integrare."

La poveretta sgranò gli occhi e sorrise meccanicamente mostrando i denti bianchi, la bocca le si allungò in una smorfia caricaturale.

La sua voce mi giungeva ormai come un mormorio sommosso, ondeggiante sui flutti irrequieti di un mare di desolazione.

Ritornammo così verso la città, riattraversando la provincia arroventata, nella caligine della notte. Mi rimase come appiccicato all'intimo del mio essere il vago senso oscuro dell'arrabattarsi di questa gente silenziosa, del loro doloroso esilio in una terra riottosa che li accoglieva malvolentieri.

L'ascesa

Affondando nel mio corpo senza peso, mi coricai nella notte molle, con i suoni della sera che sommessamente mi riecheggiavano in testa: il riso degli amici ucraini, la parlata slava, lo strepitio dei bimbi attorno alla tavolata...

Che ne sarebbe stato di loro, una volta che l'agognato percorso d'integrazione si fosse compiuto? Reciso il gambo che li radicava alla patria antica, stranieri in terra straniera, che ne sarebbe stato dell'idioma dei loro padri?

E che ne sarebbe stato di me, vecchio e solo, di vecchiezza e solitudine dalle radici lunghe e tignose?

Per me il cerchio si chiudeva: gli estremi, cingendomi, si stavano per toccare.

Mi sovvenne che un unico scopo era rimasto alla mia vita dissipata e annientata: quello di sopportare il mio tormento e morire con dignità.

Se non era stato possibile vivere pienamente e la convivenza con la confraternita degli uomini, col tempo, si era irrimediabilmente ammorbata, se i casi e le varie concatenazioni dell'esistenza mi avevano schiacciato e la malattia annichilito, ecco che mi toccava almeno di andarmene a testa alta e piè sospinto. Questo dovevo alla mia memoria e al rispetto per il mio nome e per i miei antenati. Non importava punto come avevo vissuto, ora contava solo come me ne sarei andato, con che piglio avrei saputo portare la mia croce fino all'estrema ascesa.

La notte trascorse in una lenta risacca, dolente e inesorabile. Sebbene non ne comprendessi ancora appieno la portata, sapevo che un cambiamento radicale era necessario; avrei dovuto liberarmi di tutto il fardello che mi tratteneva a terra e soffocava, avrei dovuto rilasciare tutti i miei pensieri, abbandonare opinioni e preconcetti, affrancarmi una volta per tutte dall'imperio del mio ego. Per morire con dignità avrei dovuto recidere il mio Io, spezzare con colpo sicuro il cappio che il grande parassita dell'anima serrava al mio collo.

Un'illuminazione tetra mi sovvenne all'improvviso... era forse possibile che fino a quella medesima notte non avessi veramente vissuto? Come poteva un uomo aver dilapidato un'intera vita senza darsene conto? Una scossa mi attraversò le membra, sussultai e rabbrividii...

Con quel che restava delle mie forze, gli ultime copechi del misero capitaluccio che ebbi in dote, non mi restava che scollinare, ramingo e solitario, oltre le nude cime.

In ultimo mi sovvenni dell'infanzia, il tempo *unicum* in cui fui forse felice; il suo ricordo mi pervase le membra.

Nell'angusto anfratto della memoria, ricordai i miei giorni d'innocenza, le alte vette che mi si stendevano dinnanzi e, come le braccia di una madre amorevole, si aprivano nell'ampia valle assolata.

Ricordai i colori variegati delle montagne e delle stagioni: il verde—ora diamantino, ora brillante o militaresco— e tutte le tonalità del blu degli innumerevoli cieli che mi ebbero sovrastato, le chiazze di giallo e vermiglio dell'autunno, e ancora verde, dappertutto, e i fiori nei campi vergini.

Ricordai e annusai ancora una volta— poiché effettivamente mi tornarono alle narici—gli odori di allora... e mi sovvenne il molle effluvio della terra che si ridesta, l'alitare dei campi smossi dall'aratro, la freschezza della primavera, la pienezza delle rigogliose erbe mature e del fieno tagliato che respira acremente, il soffio della terra umida o disseccata, il macerare molle delle foglie, e ancora... l'etereo sentore della neve tutt'intorno, in un ciclo che non conosce né principio né fine.

Rammentai e riascoltai ancora una volta—poiché effettivamente mi tornarono all'udito—i suoni di quel tempo perduto: il refolo del vento tra le persiane, l'ululato della tempesta nella notte scura, lo stridio dei grilli nelle calde estati, i miagolii dei gatti sopra i tetti, il canto mattutino dei galli ed i rintocchi delle ore dai campanili del borgo.

E ricordai, finalmente, le voci, quelle inenarrabili voci amorevoli che sussurravano ancora il mio nome, precisamente come nel tempo che fu. Come allora, ecco, io tendo a loro, e loro a me.

Ora muoio, a momenti. E sublime mi pare, infine, l'ascesa.

Note Biografiche sull'Autore

Alessandro Baruffi nasce a Sondrio il 12 ottobre 1973; trascorre i suoi anni giovanili nella solatia e amena Tresivio, fra le Alpi dei Reti. Laureato in Economia presso l'Università Statale di Milano, vive e lavora a Londra, Amsterdam, Barcellona e negli Stati Uniti d'America, a New York, Princeton e Philadelphia.

Sito web: www.baruffi.me